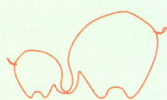

陪孩子在爱中成长

无论爱与不爱，下辈子都不会再见

杨杨 编著

中国出版集团 现代出版社

有一天，你会发现，
即使我有许多过错，
我总是尽我所能给你最好的。
我爱你！我的孩子。

有一天，很久很久以后的一天，
你的头发也会在阳光下闪烁银光。
当那天到来的时候，
亲爱的孩子，
你可会想念我吗……

是的，

在你的生命历程中

你会遇到残酷、煎熬……

但不要让这些导致你拒绝接受新鲜事物。

不要逃避生活，不要躲藏，抑或封闭自己。

拥抱新鲜事物，经历全新体验，接触新的人。

你或许心碎了10次，

但是在第11次找到至爱。

孩子，我能为你做很多，
因为我爱你。
你的生命就是父母生命的延续。
爸爸妈妈把你带到这个世界上，
你要爱自己、珍惜自己的生命。
你疼，父母就会疼，
因为我们骨肉难分，
我能为你付出一切。

我希望你一生平安幸福。

缘分如此短暂，愿我们都能珍惜

　　我有一个小小的请求：请你，请你们，在孩子慢慢长大的时候，在日子不新不旧的时候，在未来若即若离的时候，一起读这本书。孩子终究要远走高飞，眼前的这段时光也只有十几年，过去就不再来了。

　　请你，请你将这本书一直带在身边吧。在你心里受伤想哭的时候，在你寂寞、疲惫的时候，在你为生活中小小的失意而烦恼的时候，请翻开它。它会让你的心瞬间被触动，被伤感和酸楚包围，被一股股暖流冲洗、变软、融化。那一刻无论你在哪里，你都只想马上回到父母身边，给他们一个大大的拥抱，哽咽着和他们说"我爱你"。是的，亲人也只有一次的缘分，无论爱与不爱，下辈子都不会再见。

　　请你在人生得意、幸福美满的时候，你们一起读这本书吧。它会提醒，提醒你幸福并不在遥远的地方，它就在眼前的感动里。要一字一句地读，千万不要匆忙的一次读完，千万不要，那样就太可惜了。身体的长大时刻都在自然发生，心的成长却需要润物无声的滋养，就在一个故事或者一句话的感悟之间。

你用一个月读完也好，一年读完也罢，都没有关系。读这本书，你不需要额外的准备，只要带上一颗真诚的心就好。你感受到的是浓浓的亲情，是惊醒，是久违的渴望，是一颗心依偎着另一颗心。你的心一下子空了，也一下子安静了。然后，泪流满面。

我相信，你一定会珍惜这段相依相伴的温馨时光，那是终生难忘的记忆。你一定会明白，你们是这世上最亲的人，幸福和快乐、牵挂和祝愿，都来自彼此。

如何说孩子愿意听，这是个难题。亲子共读正是帮助父母跨越障碍、解决难题的良方。这套书的内容涵盖了每个孩子成长都会遇到的16个主题，是我们用10年时光用心搜集、甄选、提炼而得。它浓缩了对孩子成长有独到见解和心得的诸多大咖父母的智慧，收获了10万＋读者的含泪推荐。

这不是小题大做，请不要用"鸡汤""没有用"这样的话来评价这本书，好吗？是奔波和忙碌让我们丧失了感动的能力了吗？我想，不是那样的，你只是暂时忘记了而已。看过世界的人更强大，孩子如是，你亦如是。给孩子增添情感动力，是给他未来的一笔投资，收获的是孩子有温度、有态度的人生。一句打开孩子心锁的话，价值万金。

爱是不能补偿的，倘若在该来的时候没来，就永远错过了。每当这个念头来临，我都会有一种深深的恐惧。我害怕来不及了。怕还没有给孩子足够的关爱他就长大了，怕还没有对我爱的人说出我的真心，怕来不及为爱我的人做好安排就永远地离开了，我更怕不能完成此一生。

和你一样，我真的好想，好想一生无悔。即便知道那只是一个奢求，还是要尽我所能，去做那些能减少一点后悔的事情，哪怕只减少了一点点。

这是一份珍贵的礼物。我知道，读书时的开怀和感动，会让我们更珍惜现在，这份珍惜会化作成长的力量。我真的不知道还有什么礼物，能比这更珍贵了。毕竟，这些感动最终都会变成你们常常忆起的故事。

如是，唯愿。

杨杨　2019年2月于北京

孩子，永远不要拿青春当筹码。
青春是生活恩赐的一个礼物，
是用来珍惜、用来品味的，
而不是用来赌博的筹码。
不要认为自己青春无敌，
就随心所欲。

孩子，亲人也只有一次的缘分，无论这辈子我和你还会相处多久，都请好好珍惜共聚的时光。无论爱与不爱，下辈子都不会再见。

孩子，我能给予你生命，但不能替你生活。我能抚养你长大成人，但保证不了你长大成才。我能给你童年的快乐，但给不了你一生的幸福。我能教你许多东西，但不能代替你学以致用。

人生没有白走的路，在这个过程中的任何一次因缘际遇，都需要你欢喜接受，慎重对待。要记住，别人的东西，再好也是别人的；自己的东西，再差也是自己的。

我能为你做很多，因为我爱你，你的生命就是父母生命的延续。但你要明白，你的路还是需要你自己走的，你终究要长大成人，除了父母，没人会当你还只是一个孩子。不要依赖别人，因为即使是你的影子，也会在黑暗里离开你。

孩子，你还很年轻，你的手里拥有什么？青春？终究会成为回忆；阅历？太浅薄了；美貌？也许换来的更多是虚伪的感情与利益；时间？这样想的人差不多都在挥霍时间；爱情？那也许只是一场青涩无果的游戏。

没有人能够从懂事开始，就一辈子享受着幸福快乐，每个人都会有他的艰难岁月，但是大多数时候，那些艰难其实是上天的恩赐，所有的不顺和不幸都是化了装的祝福和助力，因为它们最后会变成你整个生命中最精彩的日子。当然，前提是你挺过来了。

路，既然是你自己选的，就别怕远。生活不会轻易放过每一个人，它很狡猾，不会让你轻易到达目的地，而你一定要先学会忍受它的无情，才会懂得享受它的温柔。所以，决不能在峰顶在望之时放弃，不能在花朵即将绽放之时离开，不能在理想即将实现之时叛逃。无论什么时候，一定要记住，生活总会留点什么，给对它抱有信心的人。

这个世界，只有回不去的，但没有什么是过不去的。人生在世，别怕受伤，别怕付出，更别怕失去。因为上天既然给了你这样或那样的经历，就是因为它知道你的强大足够去承受，而有一天你也一定会明白，岁月虽然催老了你的容颜，但却终究丰盈了你的人生。

孩子，要永远记住，世上最宝贵的东西不是你拥有的财富，而是陪伴在你身边的人。我愿意相信，你会遇到这样的人，他的怀抱很温暖，替你挡住一切风风雨雨；他的手很烫，会把你的手放入他温暖的掌心，从此让你不再惧怕寒冷。

人生没有彩排，每一场都是现场直播。把握好每一次演出的机会，便是对人生最好的珍惜。

想念时，就看看窗外的天空，无论距离有多远，我们总还在同一片天空下。

CON目　录
TENTS

.. 写给成熟
我们最终都要与稚嫩的自己告别

CON目 录
TENTS

.. 写给爱情
余生很长，要和相爱的人在一起

CON目录
TENTS

.. 写给淡定

即使像蚂蚁一样生活，
也可以像蓝天一样美丽

.. 写给命运

命运有一半在你手里，
只有另一半才在生活的手里

孩子，任何人都有可能不再理你，

任何人都有可能抛弃你，

任何人都有可能不帮助你，

但你都没有必要去抱怨。

因为除了父母，谁都不是你的谁。

孩子，父母是这个世间最关爱你的人！

写给珍惜

岁月极美，在于它必然的流逝

所有的花开，都有温馨的美丽；

所有的叶落，都写着浓郁的牵挂。

当下的每一瞬间，就是生命的唯一瞬间。

岁月的单行道上，请珍惜陪你一起看风景的人，

因为或许在下一个转角便会挥手告别。

而唯有用心，才能看得清生活的美好。

孩子，亲人也只有一次的缘分，

无论这辈子我和你还会相处多久，

都请好好珍惜共聚的时光。

无论爱与不爱，下辈子都不会再见。

————————

梁 继 璋

无论爱与不爱，下辈子都不会再见

我儿，写这备忘录给你，基于三个原则：

人生福祸无常，谁也不知可以活多久，有些事情还是早一点说好。

我是你的父亲，我不跟你说，没有人会跟你说。

这备忘录里记载的，都是我经过惨痛失败得来的体验，可以使你的成长少走不少冤枉路。

以下，便是你在人生中要好好记住的事：

对你不好的人，你不要太介怀。在你一生中，没有人有义务要对你好，除了我和你妈妈。至于那些对你好的人，你除了要珍惜、感恩，也请多防备一点。因为，每个人做每件事，总有一个原因。他对你好，未必是因为真的喜欢你，请你必须搞清楚，而不必太快将对方看作真朋友。

没有人是不可替代的，没有东西是必须拥有的。看透了这一点，即使将来你身边的人不再需要你，或者你失去了最爱的一切时，你也应该明白，这并不是什么大不了的事。

生命是短暂的，今日你还在浪费着生命，明日会发觉生命已远离你了。因此，愈早珍惜生命，你享受生命的日子也愈多。与其盼望长寿，倒不如早点享受。

世界上并没有最爱这回事，爱情只是一种瞬时的感觉，而这感觉绝对会随时日、心情而改变。如果你的所谓最爱离开了你，请耐心地等候一下，让时日慢慢冲洗，让心灵慢慢沉淀，你的苦就会慢慢淡化。不要过分憧憬爱情的美，不要过分夸大失恋的悲。

虽然，很多有成就的人士都没有受过很多教育，但并不等于不用功读书，就一定可以成功。你学到的知识，就是你拥有的"武器"。人，可以白手兴家，但不可以手无寸铁，切记！

　　我不会要求你供养我的下半辈子，同样地，我也不会供养你的下半辈子，当你长大到可以独立的时候，我的责任已经完结。以后，你要坐巴士还是开奔驰，吃鱼翅还是吃粉丝，都要自己负责了。

　　你可以要求自己守信，但不能要求别人守信；你可以要求自己对别人好，但不能期待人家对你好。你怎样对人，并不代表人家就会怎样对你。如果看不透这一点，你只会徒添不必要的烦恼。

　　我买了二十年的彩票，还是一穷二白，连三等奖都没有中过。这证明人要发达，还是要努力工作才可以，世上没有免费午餐。

　　亲人也只有一次的缘分，无论这辈子我和你还会相处多久，都请好好珍惜共聚的时光。无论爱与不爱，下辈子都不会再见。

孩子，当我日渐老去，
不能自己穿上衣服，请你有耐性一点。
还记得，我曾花费多长时间，教会你这些事吗？

————

佚　名

当我日渐老去

孩子，哪一天，当你看到我日渐老去，身体也渐渐不行，请
耐着性子，试着了解我的不便。

如果，我吃得满身脏兮兮的，如果，我自己穿不上衣服，请
你耐心一点。还记得我曾花费多长时间，教会你这些事吗？如何
好好吃，好好穿，如何面对你生命的第一次。

哪一天，当我一再重复唠叨，说着同样的事情时，请不要打
断我，听我说。在你小的时候，我必须一遍又一遍地读着同样的
故事，直到你静静地睡着。

哪一天，当我与你交谈时，忽然不知道说什么了，给我一些

时间想想。如果我还是无能为力，不要着急，对我而言，重要的不是说话，而是能跟你在一起。

哪一天，当我漫无目的地外出，找不到家的时候，请不要生气，不要把我一个人留到外边，慢慢带我回家。还记得你小时候，我曾多少次因为你迷路而焦急地找你吗？

哪一天，当我神志不清，不小心砸碎饭碗的时候，请不要责骂我。还记得小时候，你曾经多少次将饭菜撒到衣襟，扔到桌上、地上吗？

哪一天，当我腿不听使唤时，请扶我一把。就像我当初，扶着你踏出人生的第一步。

哪一天，当我告诉你，我不想再活下去了，不要生气，总有一天你会了解，了解我已风烛残年，来日可数。

哪一天，当我已然老去，请你珍惜我们还能相见、相处的日子。

有一天，你会发现，即使我有许多过错，我总是尽我所能给你最好的。我爱你！我的孩子。

有一天，很久很久以后的一天，你的头发也会在阳光下闪烁银光。当那天到来的时候，亲爱的孩子，你可会想念我吗……

孩子，如果有一天，生你养你的两个人真的走了，
再也不会说话了，再也不会喊你的名字了，
再也不会睁开眼睛了，再也不会和你一起吃饭了。
孩子，你要擦干泪水，要勇敢坚强，人，终究是要走的。

———————
佚　　名

如果有一天，生你养你的两个人都走了

孩子，人在世的时候，要对父母好点，别让父母总是为你操心，父母不需要你挣多少钱，但父母一定很需要子女的陪伴，因为那是父母最深的牵挂。

如果有一天，生你养你的两个人都走了，这世间就再难有人，会毫无保留地真心真意地疼爱你了。所以，当你再去回忆和父母的一点一滴的时候，是不是会泪流满面？是不是会在墓前哭得肝肠寸断？没事的时候要常回来看看，别把时间都花费在娱乐上面，那些娱乐场所的朋友不值得你去深交。请记住：酒吧不是你的家，

KTV 也只是消遣而已，别让父母把眼睛望穿了，却还看不到你。

如果有一天，生你养你的两个人都走了，这世间就再没有谁会在你不吃饭的时候，明明知道你会发脾气，却还是要喊你吃饭。所以孩子，不管外面有多大的事情都要记得常回家吃饭，别让父母打了无数次的电话，你却依然不接。别让遗憾留在心里，别到了以后父母都走了，想和父母吃饭却没有了机会……

如果有一天，生你养你的两个人都走了，就没有谁，会暖暖地喊你的小名了，这世间也不会有谁，会每时每刻地管着你了，管你工作怎么样了，管你瘦了还是胖了，管你的身体怎么样了，管你吃得好不好，管你睡得好不好。

如果有一天，生你养你的两个人都走了，大概就再也没有谁会心无杂念对待你了。所以孩子，别伤父母的心，在父母的有生之年里多给父母一些快乐。别说自己没时间，别说自己工作忙，别老是把时间都花在其他人身上，要知道爸爸和妈妈都只有一个。失去了朋友，可以再找，工作没有了，可以再找，甚至连心脏没有了都可以重新换一个，但是父母没有了，到哪里去找呢？

别把不尊敬父母的人带回来，别跟不尊敬父母的人做朋友，更别找不尊敬父母的人谈恋爱，因为心里没有父母的人，不值得去交往！

照片是时光最好的证明。孩子，多跟我们照几张相吧，以后，我们不在了，还有照片在。如果翻遍了照片却找不到一张合影，你该会很遗憾吧。

任何人都可以不是谁的谁，但唯有父母与子女的关系偏偏就是谁的谁。任何人都有可能不再理你，任何人都有可能抛弃你，任何人都有可能不帮助你，但你都没有必要去抱怨，因为除了父母，谁都不是你的谁。孩子，父母是这个世间最关爱你的人！

父母在世的时候，多留点笑容与安慰给父母，还有谁的恩情可以大过父母？还有谁的关怀可以大过父母？社会再复杂，父母对子女的爱依旧是很单纯的。多看父母两眼。在爸爸难过的时候你不要说出来，男人的脆弱不习惯被任何人看出来，你只需要默默地陪着他；在妈妈难过的时候你不要走开，让她靠在你的肩膀上。

别人也许会抛弃你，但父母不会。所以，孩子，别傻了，你做错了事父母是不会跟你计较的，父母对子女的情感大过天。

孩子，如果有一天生你养你的两个人真的走了，再也不会说话了，再也不会喊你的名字了，再也不会睁开眼睛了，再也不会和你一起吃饭了。孩子，你要擦干泪水，要勇敢坚强，人，终究是要走的。

好好生活，善待父母。如果有一天生你养你的两个人都走了，你也就不会有遗憾了。因为在父母在世的时候，你已做了该做的。

生离死别是世界上最残酷、最无奈的事情，
但是一位身患绝症的父亲，
却把一场悲伤的告别，变成了捉迷藏游戏。

————

佚　名

准备好了吗？比赛就要开始了

可爱的妞妞：

　　爸爸和你玩了好多次捉迷藏，每次都一下子就被你找出来。不过这一次，爸爸决定要躲好久好久。你先不要找，等到你十四岁（还要吃完十次蛋糕哦）的时候，再问妈咪，爸爸躲在哪里，好不好？

　　爸爸要躲这么久，你一定会想念爸爸，对不对？不过，爸爸不能随便跑出来，不然就输了。如果还是很想爸爸，爸爸就变魔法出现。

　　因为是魔法，不是真的出现，所以不犯规，爸爸不算输。爸爸的魔法是：趁你睡觉的时候，跑到你梦里玩游戏；在你画图画爸爸的时候，不管好不好看，你觉得是爸爸，就是爸爸；当你拿爸爸的照片看时，爸爸也在偷偷地看你……

要记得，爸爸一直都陪着你！你已经是四岁的大姐姐了。爸爸要拜托你一件事，要你照顾和孝顺爷爷、奶奶和妈咪。奶奶冬天的时候手会开裂，要把绵羊油从秋天就给奶奶的手涂上；爷爷糖尿病血糖很高，你要乖，不能惹他生气；妈咪工作忙，不爱吃早餐，你要记得，让她每天喝牛奶吃面包、鸡蛋。看你是不是比爸爸以前做得好？有多好，妈咪会告诉你的。

爸爸猜想，我们这一次玩捉迷藏要玩这么久，爷爷、奶奶、妈咪有时候看不到爸爸，他们一定会偷哭。偷哭就是犯规、就是失败。他们偷哭，你就要逗他们笑，不然，游戏输了以后，他们一定会哭得更厉害了。好不好，宝贝？

我们是同一国的，看看是你厉害，还是爸爸厉害。

准备好了吗？比赛就要开始了！

十年后，女儿的回信如下：

最爱的爸爸，我找到你了！

爸爸，你知道吗？这些年，我很厉害哟。妈咪说我做得比爸爸你还要好呢！爷爷、奶奶和妈咪犯规时，我都很努力地逗他们笑。而且爷爷奶奶需要帮助时，我都是乖乖听你的话。爸爸，我是不是赢了？

不要担心，我很勇敢。因为我知道爸爸永远都在我身边看着我，陪我哭、陪我笑、看我闹别扭。

你真的好厉害，你的魔法让我变得很坚强。所以爸爸，你不用替我操心，我已经是个十四岁的大姐姐了，我已经懂事了。爸爸你可以变作星星，在天上安心地看着我。

爸爸，我画了幅画，是我们全家哟！你想我们的时候，就看着这幅画，你想我的时候，我就变魔法，让你可以在我们的梦里来游玩。

爸爸，我真的好爱你。可惜，比赛结束了……

爸爸，我赢了。

那，我是不是可以哭了？

孩子，这世上并没有十全十美的人，
不用强迫自己去做好每件事，
尽力就可以了，不用太在乎输赢。

————

佚　名

孩子，你始终还是要长大

　　孩子，你始终还是要长大。时间不会为你而停止，就算是最美丽的一刻，它最终还是会成为一个只能让人好好怀念的回忆。你不能只去缅怀过去，却不懂掌握未来。可能，未来会因你所付出过的努力变得美好，又或许下一个时刻，会再一次美丽，让人怀念。

　　孩子，你始终还是要长大。世界很复杂，思想很矛盾，你要学会分辨是非。现在你长大成人了，要学会理智，要知道现实的残酷。单纯不是不好，但是踏入社会，竞争会很激烈，你靠自己去争取自己的幸福，可是不能不择手段，要抱着一颗无邪之心。

　　孩子，你始终还是要长大。外在美不胜于内在美，你应要好好培养自己的美德。当一个好人不容易，当一个坏人却很容易。可是你要懂，当一个坏人，若你要改，不是比原原本本当一个好人更难吗？你的善良，会为你打开幸福之门，你的乖巧，会为你的快乐加分。

　　孩子，你始终还是要长大。你不能继续再去依赖父母，不能继续在父母的庇护和溺爱下成长，你要学会自立，再遇到困难要自己一个人去面对去解决。父母可以在你小时候呵护你，可是我们始终会老会生病，我们不可能一生一世都伴你左右。你仍要学会照顾自己，还要学会去照顾父母，因此你要学会自力更生。

　　孩子，你始终还是要长大。你要坚强，永远抱着不屈不挠的心态，去面对世上许多的难关，面对困难时才不会逃避，遇到问题时才不会胆怯。跌倒了要自己爬起来，不要轻易掉眼泪，不要被人看扁，你要相信自己，你要为自己的成功而自豪。

　　孩子，你始终还是要长大。你要勇敢，能勇于尝试和探索各种新事物，不要抗拒自己的好奇心。可能因为你奇怪的思想，可以领略另一种新事物的意义。要启发自己的才能，并不是很难。而且，你的勇敢可能会成为成功的关键，放眼看，成功就在前方。

　　孩子，你始终还是要长大。你要学会三思而后行，不能轻举妄动，不要做出令自己感到后悔的事。有些错是永远都弥补不了的，也不是一句对不起就能解释的。经过思考才去做的事，才是智者所为。

　　孩子，你始终还是要长大。你要学会放手，虽然你会舍不得，但是勉强不会幸福，不是你的就注定不是你的，你的执着可能会伤害到别人，也为自己增添痛苦和烦恼。

　　孩子，你始终还是要长大。你要明白，这世上并没有十全十美的人，不用强迫自己去做好每件事，尽力就可以了，不用太在乎输赢。

　　孩子，你该长大了……

孩子，人生没有彩排，
每一场都是现场直播。
把握好每一次演出的机会，
便是对人生最好的珍惜。

————

佚　　名

你怎么过一天，就怎么过一生

孩子，人这一辈子，可能有时候都会觉得活得很累。从你来到这世界的那一刻起，在这短短几十年中，从天真的童年、激情的青年、平稳的中年到天伦的老年，注定会遇见各种人，有朋友、有敌人、有知己、有爱人，也要经历无数的选择和考验。

世上没有一个人，能够从懂事开始，一辈子享受着幸福快乐。只有经历过，才会懂得；只有痛苦过，才知道快乐时刻是多么开心；只有爱过伤过了，才知道甜蜜和心痛的感觉；只有付出了，才能获得回报；只有辛苦过，才知道快乐其实是那么不易；只有失败过，才知道成功是那么艰难。

人这一辈子，活着不是为面子、不是为别人、不是为金钱、不是为物质、不是为享受、不是为占有、不是为工作，而是为了自己。只有自己充实了、开心了、快乐了，那么到你终老时刻，才能少有遗憾。

人生短短几十年，时间很快就过去了，珍惜自己身边的一切，不要在错过后再后悔，不要在失去后才知道要珍惜。把握今生，不要期待来世。后悔无用，活得充实，人生才不会留下遗憾。

人生如梦，岁月无情。蓦然回首，才发现，人活着是一种心情。穷也好、富也好，得也好、失也好，一切都是过眼云烟。

想想，不管昨天、今天、明天，能豁然开朗，就是美好的一天。曾经拥有的，不要忘记；已经得到的，更加珍惜；属于自己的，不要放弃；已经失去的，留作回忆；想要得到的，一定要努力。

心累了，把心靠岸；选择了，就不要后悔；苦了，才懂得满足；伤了，才明白坚强。总有起风的清晨，总有绚烂的黄昏，总有流星的夜晚。

人生没有彩排，每一场都是现场直播。把握好每一次演出的机会，便是对人生最好的珍惜。

孩子，幸福很短，还长着翅膀，会飞走。

盲目追求未来的人，一味回忆过去的人，只会失去现在。

人生犹如一本书，而你只能读一次。

———

佚　　名

人生犹如一本书，而你只能读一次

孩子，人生犹如一本书，愚蠢的人将它草草翻过，聪明的人却会将它细细品读。为什么如此？因为聪明的人知道，他只能读一次。

生命本身只是一次单程的旅行，无论长短，无论沿途的风光是否美丽，我们拥有的只是唯一的一次机会。但这条路的长短却大多不被我们把握，我们能把握的就是拥有的瞬间，包括路途中的那些和风细雨，那些亲情的抚慰、爱情的滋润、友情的包围。当然，其中也会有伤害、有泪水、有苦涩。然而，如果能够领悟生命的单程是何其的珍贵，那么，我们是否会换种心态去看待沿途的这些风光呢？

　　生命的芳华总是会被辜负，有年少的无知，有年轻的狂妄，总觉得可以无限地透支，总觉得风景沿途都是，我们可以随意挥霍。却不想，当蓦然惊觉，好像错过了什么，再想回头，却无处可买到那张返程的"车票"了。往往这时你才发现，这一路遗失了多少美好的时光、多少值得珍惜的人，在这草木一秋中，惊诧不见了彼时的葱绿。而此间，我们无可选择，失去的终是失去了。光阴的流逝，无可逆转地与我们擦肩而过。

　　对很多人来说，人生最珍贵的是"得不到"和"已失去"。在人生这些虚实相生的交集里，有跌宕起伏的爱恨纠葛，有令人心悸的叩问良心，有此情可待的彼年彼日，有黯然销魂的望穿秋水……最终你会了解，不管谁嫉妒过谁，谁猜测过谁，谁伤害过谁，谁又陪谁走过漫长的青春。纵有不甘，可指尖流逝的岁月，终究会化为流年。

　　风华只是一指流沙，苍老的也只是一段年华。愚钝的人，只是唱着"生活在别处"挥霍着既得，感伤着过去，空想着未来。可幸福很短，还长着翅膀会飞走。盲目追求未来的人，一味回忆过去的人，只会失去现在。

思念只是生命的后记。要明白，若与一些人和事的离别是你无法承受的伤，便不要拿它来和命运做交换，在它消失前转身挽留，将你最珍视的拥进怀中。然而，若一切已然成了散落风里的一阕离歌，只剩下几个回响的音符，便无须在原地怅然踌躇，那不过是你为了成长付出的代价，便要自此更懂得珍惜和拥有，珍惜当下。

拥有并懂得珍惜，这样，在爱与恨、得与失、悲与喜之间，就有了一条宽敞的路。风中怅伫，青春尚在，不如就此灭了忧伤，继续前行。对生活执着地追求，不会因为时光的流逝而冷漠，不会因为风雨的侵袭而凋零。珍惜平凡，珍惜点滴，珍惜每一份快乐，珍惜你所拥有的一切，其实就是在珍惜自己。

懂得了爱的真谛，学会了珍惜，在人生的旅途中，我们遗失的就会少很多。不管迎面来的是什么，我们都能坦然面对。且不管前路如何，今天有阳光，那么我们就拥抱温暖；当风雨来临的时候，我们已经储备了迎接寒冷的能量。等待生命的即便是命运的魔咒，至少我们享受了现在，珍惜了拥有。当生命的繁华落幕之时，我们应会少了几许惶恐，而多了一份坦然。

孩子，无论何时，你一定要相信：尽管耳边寒风呼啸，你的心灵总还有取暖的地方。身边的亲人、朋友、爱人，哪怕是一些素未谋面的陌生人，总会在意想不到的时间和地点提供他们的善意。"靠近你，温暖我"，享受这种善良与体贴，并传递给他人。

一路走下去，记得，要面带微笑。

孩子，你要知道，分开其实比相遇更容易，
因为相遇是数十亿分之一的缘分，
而离开只是两个人的结局。

————

佚　　名

被时光偷走的，永远是你看不见的珍贵

孩子，无论对待爱情还是友情，我希望，你懂得珍惜，不要草率、轻易地做出判断和决定。要知道，分开其实比相遇更容易，因为相遇是数十亿分之一的缘分，而离开只是两个人的结局。

虽然说分开容易相遇难，但世人常常看不到有缘无分的熙熙攘攘，总以为机会无限，所以不珍惜眼前人。我们总是这样，悲伤时要一个肩膀，开心时拥抱全世界，而被时光偷走的，永远是你看不见的珍贵。

我也希望你知道，一切都有代价。

知道他月薪几万元，却不知他天天加班到深夜；看到他到处游历，却不知他为自由放弃的东西。财富、事业、爱情、自由，别人永远是别人、别处永远在别处，等你走过去，上一秒你身处的地方，又会成为你的别处，不再拥有。

当你犯错的时候，顺从你的人不一定是朋友，但是反对的，往往是真正关心你的朋友；当你处于困境时，问寒问暖的人不一定是朋友，但竭尽全力帮你解决问题的，一定是真心关爱你的朋友；当你寻求帮助时，左问右问的人不一定是朋友，但默默帮忙后再细细询问的，一定是值得你一生珍惜的朋友。

你要珍惜别人，但不可以指望别人；不要拒绝善意，不要停止微笑；错误可以犯，但不可以重复犯；批评一定要接受，但侮辱绝对不能接受。

该说的要说，该哑的要哑，是一种智慧；该做的要做，该退的要退，是一种睿智；该显的要显，该藏的要藏，是一种境界。

其实，很多时候，语言并非人与人沟通的唯一或最好的方式，有时，一个会意的眼神，一个灿烂的微笑，一个谦卑的姿态，一个开怀的拥抱，一个善意的行动，胜过千言万语。

记得，快乐靠自己，没有谁能够永远同情和分担你的悲切；坚强靠自己，没有谁会永远怜悯你的懦弱；努力靠自己，没有谁会永远地陪你原地停留；珍惜靠自己，别人也并不愿意挥霍自己的青春；执着靠自己，没有谁会永远无条件地与你共同进退；一路走过靠自己，没有谁能够一直陪你走到底。

所以，请你珍惜生命中的每一位"路人"。

爱应该是你的生活准则。

如果让一个词成为你的生活支撑的话，那它应该是"爱"。

也许这听来已是老生常谈，我也清楚，

但是请信任我，再没有更好的生活准则了。

写给期待

✦

愿你眼眸光芒闪烁，
活成自己想要的模样

我所理解的生活，

是经历磨难和成长后，

有人终于变成了自己最鄙视的模样，

而有人终于变成了自己最喜欢的样子。

孩子，愿你成为后一种人。

孩子，我能教你如何尊重他人，但不能保证你受人尊重。

我能告诉你真挚的友谊是什么，但不能替你选择朋友。

我能对你谈人生的真谛，但不能替你到达彼岸。

———

佚　名

人生是你的，喜怒哀乐都是你的

孩子，我能给予你生命，但不能替你生活。我能抚养你长大成人，但保证不了你长大成才。我能给你童年的快乐，但给不了你一生的幸福。

我能教你许多东西，但不能代替你学以致用。我能指导你如何做人，但不能为你的所有行为负责。我能告诉你人生路应该怎样走，但改变不了你要走的人生轨迹。

我能告诉你怎样分辨是非，但不能替你做出选择。我能为你奉献全部的爱心，但不会强迫你照单全收。我能为你奉献我的一切，但不要求你回报一分。

孩子，我能对你谈人生的真谛，但不能替你到达彼岸。我能提醒你烟、酒是危险的，但不能代替你对它说"不"。我能告诉你毒品是害人的，但不能保证你远离它。

我能教给你做人的标准，但不能确保你成为善良的人。我能责备你的过失，但不能保证你因此而成为有道德的人。

我能告诉你如何生活得更有意义，但不能给你永恒的生命。我能给予你我最好的东西，但不能给予你前程和事业。

孩子，我能为你做很多，因为我爱你。你的生命就是父母生命的延续。

爸爸妈妈把你带到这个世界上，你要爱自己、珍惜自己的生命。你疼，父母就会疼，因为我们骨肉难分，我能为你付出一切。我希望你一生平安幸福，你要怀着一颗感恩的心，回报这个世界。

但你要明白，你的路还需要你自己走，世上没有平坦的路可走，你一定会遇到坎坷崎岖，甚至遇到难以逾越的沟壑，你要学会坚强，相信自己一定能走过去。

人生的路还很漫长，当你走到十字路口时，一定要冷静，因为有些事，还需要由你自己做出重要的决定。

孩子，记住，
生活纵然可以暂时一贫如洗，
但精神世界的你，必须是一个贵族。

————

佚　名

对于生活，这未尝不是一种领悟

孩子，如果有时间，你要学会几道撑得起场面的拿手菜。这与为了伺候谁无关，而是为了当所有爱你的人都不在身边的时候，你依然能够好好善待自己。

孩子，即便再忙，也要抽一点时间收拾好屋子。这与有没有人来无关，收拾屋子，其实是收拾自己的心情。

无论男生女生都一定要学会开车。这与身家地位无关，而是为了当你一旦有那么一天，希望自己只身上路，来一次自己一个人的旅行的时候，可以说走就走，去一个你想去的地方，不必依赖任何人，自在、自由。

孩子，即便你的爱情再甜蜜、家庭再幸福，你也一定不要因此疏远了自己的闺密。这与人情冷暖无关，而是如人所说，你以为爱情可以填满人生的遗憾，然而，制造更多遗憾的，却偏偏是爱情。而当你需要在爱情和婚姻以外寻找安慰的时候，闺密有时会比父母更加贴心。

如果有一天，到了所谓的世界末日，而上帝最终只能给你两杯水，一杯用来喝，另一杯，要用来洗干净你的脸。记住，无论什么时候，自尊与贫富无关。

你要相信，足迹有多远，心就有多宽。心宽，你才会快乐。但如果你实在很忙，身体走不出去，那么，就多读些书，让书籍替你走。

身体是自己的，很多事，不要太过用力。而当你浮躁、疲惫的时候，找个地方让自己安静下来，给自己的心一个安放的角落。

无论什么时候，都要做一个乐观、善良的人。乐观可以让你优雅而平静地承受命运，天塌下来也不抱怨，而拥有善良，会让你成为受上天眷顾的人。记住，生活纵然可以暂时一贫如洗，但精神世界的你，必须是一个贵族。

儿子，在我百年弥留之际，

我不要你保证有多富有，多有权力，但我要你保证，

你要具备创造财富和得到权力的能力，

这样，我才放心。

————

佚　名

让灵魂兵强马壮，如带着百万雄兵

儿子，这个社会有太多的丛林法则，如果你不懂得，任何一条都足以让你头破血流。

男人最大的敌人，不是时间，不是权力，不是金钱，甚至不是自己，而是安于现状。

男人过了十岁就不能再哭了，尤其是不要为了一个女人哭，即使为了我也不行，男人要把事业和梦想放在第一位。

打女人的男人不是男人。女人是用来疼的，不要让你的女人影响到你的事业，也不要让你的事业影响你的女人。

男人就要有担当，做到一人做事一人当，义气、豪气、侠气，说话不能软。男儿膝下有黄金，什么时候膝盖都不能软。

男人就要像一个男人，为了事业、为了梦想喝醉，可以，为了女人，不行。"血染江山的画，怎敌你眉间一点朱砂"，这是傻话。不要看到一棵歪脖子树，就以为你可以放弃一片森林，如果你得到了江山，那江山之内的东西，就都是你的。

与人结交，不要完全排斥思想不太单纯的人，排斥这种人其实也是不现实的。你可以交奸而不诈、滑而不坏的人，因为这样，你才能时刻提醒自己要小心提防，否则，你会慢慢被世俗的黄金外衣蒙蔽。当然，前提是你有能力把控尺度，绝不被影响。

每个男人身边都要有一个圈，站在这个圈里的人，才值得你用生命来守护，至于谁内谁外，就要看自己的本事了。不要轻易相信任何人，在最危难的时候，除了自己的至亲，谁都不能相信，我们不会害你，别人，难说。不要轻易相信誓言和承诺，事实能证明一切，真正爱你的人，并不会给你太多的誓言和承诺。

什么事都要讲究代价，做一件事之前，你要想想值不值得，做了你能得到什么，又会为此失去什么。

在这个和平年代，没有战争，没有动乱，自然没有万夫莫敌的英雄，人们衡量一个人的成就，往往看他的金钱和地位。所以，在不违背道义、不触犯法律、不昧着良心的前提下，不要放弃任何一个得到金钱和权力的机会。当今社会里最现实的一条法则，是看你财富的多少。

我要你做的，是一个贵族，而不是暴发户。所以，无论你多么富有，无论你在什么地方，都要谦逊、礼貌、不卑不亢，虚心学习自己不会的、不懂的。做人要低调，多想想自己出了头，会遇到什么问题。只有这样，你才能不断进步，爬上巅峰。

我要你做一个拥有强大内心的男人，灵魂兵强马壮，如带着百万雄兵。这样的男人平时并非是强势的、咄咄逼人的，相反他可能是温柔的、微笑的、韧性的、不紧不慢的、沉着而淡定的。拥有强大内心的男人，他们反而更温柔，更和蔼。内心强大是心中的安定与平静。强大，不是霸道，不是要将别人的所有占为己有，恰恰相反，内心的强大带给我们的是善良和谦让。

别把自己看得太低，不如你的人多的是；别把自己看得太高，你不如的人也多的是。你要做的，就是努力让前者变多，后者变少。

一个男人在外闯荡，受了再大的委屈，也不要放弃，不能气馁，要记住，早晚有一天，你受过的委屈会变成养料让你更强大。

不要做让自己后悔的事，要做，就做让别人后悔的事。一辈子不长，如果只活在回忆里，就废了。

我最鄙视不孝顺的人，你也应该离那些不孝顺的人远一点，因为他们连自己的至亲都不在乎，怎么会在乎你这个外人？

在我百年弥留之际，我不要你保证有多富有，多有权力，但我要你保证，你要具备创造财富和得到权力的能力，这样，我才放心。

女儿，有能力让自己幸福，

有能力给男人幸福，才是聪明的好女人。

如果没法让对方快乐，爱得再深也是没有用的。

———————

佚　名

和自己谈一场终生恋爱

女儿，现在的你已然成年，在你开始一场真正意义上的恋爱之前，妈妈想让你知道，女人，最重要的恋爱对象其实是自己，不要盲目地依赖别人，你首先要懂得爱自己，学会去和自己谈一场终生的恋爱。

人，想要终生都被他人无微不至、毫无保留地爱着、呵护着，是件很不易的事情，这并不是依靠自己的努力就能获得的，需要太难得的好运气。

但是，终身爱自己却是可以实现的。女人，就要和自己谈一场终身的恋爱，只有爱自己，你才能使得自己获得快乐；也只有爱自己，你才能让你身边的人也感受到快乐。

对每个人来说，能时时刻刻与其终身为伴的，只有自己。你存在，才会感到整个世界存在；你看得到阳光，才会感到整个世界充满阳光；你失去平衡，才会感觉整个世界失去平衡；你消失，世界也就随之消失了。你就是你能拥有的全部。

所以，不要去等待别人来斟满自己的杯子，也不要一味地无私奉献。所谓"杯满自溢"，如果你能先将自己面前的杯子斟满，心满意足地快乐了，自然就能将满溢的福杯分享给周围的人，也自然就能快乐地接受世间一切美好的馈赠。

假设你不会做饭，也不爱做饭。但是将来有一天，你结婚了，为了取悦丈夫，你想做咖喱饭给他吃。结果可能是，你竟然发现家里没米，切洋葱时又被辣得泪水直流，买好的咖喱块还落在车后座上，而车又被别人借去。最后，你沮丧得放声大哭。

所以你看，你逼迫自己努力做个会做饭的太太，让自己感到疲惫、委屈、痛苦，也许，还会由此埋怨丈夫，喋喋不休。面对这样一个愁眉苦脸、委曲求全的怨妇，丈夫也根本开心不起来。

爱自己，首先要知道如何去取悦自己，干吗要拿不擅长的事和自己过不去呢？

当然，我并不想看到，你就此由我刚才假设的例子，把爱自己，理解、演变成自私和自负，为所欲为，因为大前提是你懂得平衡生活，懂得珍惜和尊重，懂得独立，懂得寻找让彼此轻松的相处方式，而你的亲人和家庭，你周围的世界，并没有因为你的"自私"而变得糟糕。

相反，正是因为你活好了自己，他们也分享了你的快乐、幸福和成功，只有当你真的让自己过得开心之后，你才会发现，你所能给予家人和这个世界的，实际上更多。

孩子，一个家庭幸福还是不幸福，80％以上取决于女主人。有能力让自己幸福，有能力给男人幸福，才是聪明的好女人。如果没法让对方快乐，爱得再深也是没有用的。

说到这里，你应该已经意识到了，好好爱自己，遵照自己的内心而活，是一门终身要学的课程。因此，女人千万不能等待别人来创造自己的幸福，要学习和自己谈一场终生恋爱。要相信，爱自己的女人，别人才会爱你。

孩子，每个人都会累，没人能为你承担所有伤悲。
人总有一段时间要学会自己长大，
你必须学会承担难过，你必须知道难过会过去。

————

佚　名

靠自己你就是女王

丫头，不想上班的时候照照镜子，查查银行卡余额，自己喜欢的东西自己存钱买，不要奢望别人给你买。

丫头，每个人都会累，没人能为你承担所有伤悲。人总有一段时间要学会自己长大，你必须学会承担难过，你必须知道难过会过去。

丫头，谁对你好，你就对谁好。人际交往永远是礼尚往来的双向法则。没有人有义务对你好。

丫头，明确自己的目标，为此奋斗。答应自己的事情就要做到。该对自己狠的时候就要狠。切忌优柔寡断，藕断丝连。

丫头，感谢所有伤害过你的人，正视伤害。

丫头，人长得漂亮不如活得漂亮。

丫头，学着化化妆，不是烟熏妆，是大方得体的淡妆。世界上没有丑女人，只有懒女人。

丫头，女人要独立，经济独立是基础。

丫头，别再做那些会被别人当作笑话的傻事，要学会淡定从容。

丫头，不要因为寂寞而恋爱，不要因为跟风而恋爱，学会对自己的人生负责。

丫头，不管你以前是否玩过暧昧，务必记得，暧昧是伤人的游戏，要学会为自己的感情负责。

丫头，气质是关键，如果时尚你不在行，宁愿纯朴。

丫头，没事的时候多读读书，读书会使你心颜常驻，铿锵有力。

丫头，如果条件允许，常出去旅行，行万里路。

丫头，无论自己身处何种状态，都不要放弃和忘记学习。永远保持一颗向上的心，不要沉溺于自己过去的记忆和成绩。

丫头，如果手机里的老朋友联系得越来越少，不要觉得孤单，那是必然的。朋友不需要天天联系，如果他需要你的时候，请把他的事当成自己的事去办，竭尽所能。

丫头，不要轻易说爱，许下的诺言就是欠下的债。

丫头，这世道没有无缘无故的爱，也没有无缘无故的恨。尽量不要参与评论任何人，做到心中有数就可以了。

丫头，对小人一定要忍让，退一步海阔天空。对于那些经常找你麻烦甚至欺负你的人，能忍则忍，没必要时刻与莽夫过不去。

丫头，遇事不要急于下结论，即便有了答案也要等等，也许有更好的解决方式。

丫头，背后夸奖你的人，知道了要珍藏在心里，这里面很少有水分。

丫头，健康高于一切，理智大于情感，父母永远是第一位。

孩子，只有书读多了，内心才不会决堤。

读书，可以让你拥有更好更多的选择；

读书，可以让你遇见更精彩的世界；

读书，可以让你成为更好的人。

———

佚　名

你的气质里有你读过的书

亲爱的孩子，我还记得前几天，那时你噘着小嘴，一脸不情愿地问我，"我为什么非要读书不可呢？"

虽然我知道，你只是在抱怨作业太多而已。可是，与其随口敷衍你几句，我觉得有必要给你仔细讲一讲。于是，我思考了很长时间，决定跟你聊聊。

我们为什么要读书呢？因为这不是非做不可的事，而是想要去做的事。是的，哪怕你现在不想读书，早晚有一天你都会发觉自己是多么需要读书。

从今往后，你难免会碰到许多你不知道、不清楚的事情，也会有很多让你觉得美好的、开心的、不可思议的事物。这时候作为一个人，你会自然地想要知道更多，了解更多。也就是说，学习，是我们人类的本能。

失去了好奇心和求知欲的人，是非常可怜的。连自己生存的这个世界都不想理解，还能做什么呢？

这个世界上有很多大人好像什么都懂的样子，那都是骗人的。不论如何学习，人只要活着，就会有很多不懂的东西。知道得越多，就越会发现自己还有更多不知道的东西。

对这个世界不再感到好奇，任何事都会索然无味，这样活着，跟死了有什么区别？

今后，你会上大学，进单位工作，只要还保持着学习习惯，就会有无限的可能性。

孩子，你明白了吗？我让你读书，不是为了考试，而是希望你能成为一个出色的人，配得上作为人的本能，对得起作为人的意义。

你还曾提出过这样一个问题：既然大部分读过的书，最后都会忘掉，那读书的意义何在？

人究竟为什么要读书？形象点说就是，当你开心的时候，可以说"春风得意马蹄疾，一日看尽长安花"，而不是只会说"好开心"；当你伤心的时候，可以说"问君能有几多愁，恰似一江春水向东流"，而不是只会说"蓝瘦，香菇"；长大遇见心爱的男子，可以说"陌上人如玉，公子世无双"，而不是只会说"帅哥"，遇见心仪的姑娘，可以说"北方有佳人，绝世而独立"，而不是只会说"在我心中你最美"；当你向人表达爱意时可以说"山有木兮木有枝，心悦君兮君不知"，而不是只会说"我喜欢你"；当你思念一个人时，可以说"衣带渐宽终不悔，为伊消得人憔悴"，而不是只会说"想你想得无法呼吸"；当你失恋的时候，可以说"人生若只如初见，何事秋风悲画扇"，而不是只会说"悲伤那么多"，当你看到大漠黄沙夕阳时，可以说"大漠孤烟直，长河落日圆"，而不是只会说"我的天，怎么那么多沙子，快回家吧"；当你看到江水落日飞鸟时，可以说"落霞与孤鹜齐飞，秋水共长天一色"，而不是只会说"好多鸟啊"。

对于读书的意义，恐怕最好的一个答案是：小的时候，我吃了很多东西，其中的大部分我已记不清是什么。但我知道，它们已经成了我现在的骨和肉，看，读书亦如此，也许你看过的书已成过眼云烟，但看过的词句、读过的文字，都将深深刻进你的生命、融入你的骨血，藏在你的一举一动、一颦一笑中。

正如三毛所说："读书多了，容颜自然改变，许多时候，自己可能以为许多看过的书籍都成过眼云烟，不复记忆，其实它们仍是潜在气质里、在谈吐上、在胸襟的无涯，当然也可能显露在生活和文字中。"

只有书读多了，内心才不会决堤。读书，可以让你拥有更好更多的选择；读书，可以让你遇见更精彩的世界；读书，可以让你成为更好的人。

孩子，你要尽量守护好你的心。

这心不是心脏的心，而是心灵的心。

它应该是善良的，宽敞的，亮堂的，干净的，

充实的，博爱的，审美的。

——————

麦　　家

我们不甘于小，我们要超过地球

儿子，当你看到这封信时，你已在我万里之外，我则在地球的另一端。地球很大，我们太小了，但我们不甘于小，我们要超过地球，所以你出发了。这是一次蓄谋已久的远行，为了这一天，我们都用了十八年的时间做准备；这也是你命中注定的一次远行，有了这一天，你的人生才可能走得更远。

我没有到过费城，但可以想象，那边的月亮不会比杭州的大，或者小；那边的楼房一定也是钢筋水泥的；那边的街弄照样是人来车往的；那边的人虽然肤色貌相跟我们有别，但心照样是要疼

痛的，情照样是要圆缺的，生活照样是有苦有乐、喜忧参半的。世界很大，却是大同小异。也许最不同的是你，你从此没有了免费的厨师、采购员、保洁员、闹钟、司机、心理医生，你的父母变成了一封信、一部手机、一份思念，今后一切你都要自己操心操劳，饿了要自己下厨，乏累了要自己放松，流泪了要自己擦干，生病了要自己去寻医生。这一次，你是那么的不一样，你成了自己的父亲、母亲、长辈。这一天，是那么的神奇，仿佛你一下就长大了。

但这，只是仿佛，不是真实。真实的你只是在长大的路上，如果不是吉星高照，这条路必定是漫漫长长的，坎坎坷坷的，风风雨雨的。我爱你，真想变作一颗吉星，高悬在你头顶，帮你化掉风雨，让和风丽日一直伴你前行。但这是不可能的，即便可能，对不起，儿子，我也不会这么做。为什么？因为我爱你，因为那样的话，你的人生必定是空洞的、苍白的、弱小的，至多不过是一条缸里的鱼，盆里的花，挂着铃铛叮当响的宠物。这样的话我会感到羞愧的，因为你真正失败了。你可以失败，但决不能这样失败，竟然是被太阳晒死的，是被海水咸死的，是被寒风冻死的。作为男人，这也许是莫大的耻和辱！

好了，就让风雨与你同舟吧，就让荆棘陪你前行吧。既然有风雨，有荆棘，风雨中不免夹着雷电，荆棘中不免埋着陷阱，作为父亲，我爱你的方式就是提醒你，你要小心哦，你要守护好自己哦。说到守护，你首先要守护好你的生命，要爱惜身体，要冷暖自知，劳逸结合，更要远离一切形式的冲突，言语的，肢体的，个别的，群体的。青春是尖锐的，莽撞的，任何冲突都可能发生裂变，而生命是娇嫩的……这一点我只想一言蔽之，生命是最大的，生命面前你可以理直气壮地放下任何一切，别无选择。

其次，你要尽量守护好你的心。这心不是心脏的心，而是心灵的心。它应该是善良的，宽敞的，亮堂的，干净的，充实的，博爱的，审美的。善是良之本，宽是容之器，亮了，才能堂堂正正，不鬼祟，不魑魅。心若黑了，脏了，人间就是地狱，天堂也是地狱；心若空了，陷阱无处不在，黄金也是陷阱。关于爱，你必须做它的主人，你要爱自己，更要爱他人，爱你不喜欢的人，爱你的对手。爱亲人朋友是人之常情，是天理，也是本能，是平凡的；爱你不喜欢的人，甚至仇人敌人，才是道德，才是修养，才是不凡的。儿子，请一定记住，爱是翻越任何关隘的通行证，爱他人是最大的爱自己。然后我们来说说美吧，如果说爱是阳光，那么美是月光。月光似乎是虚的，没用的，没有月光，万物照样漫生漫长，开花结果。但你想象一下，倘若没有月光，我们人类会丢失多少情意，多少相思，多少诗歌，多少音乐。美是虚的，又是实的，它实在你心田，它让你的生命变得有滋有味，有情有义，色香俱全的，饱满生动的。

呵呵，儿子，你的父亲真饶舌是不？好吧，到此为止，我不想你，也希望你别想家。如果实在想了，那就读本书吧。你知道的，爸爸有句格言：读书就是回家，书这一张纸比钞票更值钱！请容我最后饶舌一句，刚才我说的似乎都是战略性的东西，让书带你回家，让书安你的心，让书练你的翅膀，这也许就是战术吧。

孩子，生命并不是一场竞赛，而是一段旅程。

如果你在途中一直都试图给他人留下深刻印象，

超过别人，那你就浪费了这段旅程。

————

佚　名

生命并不是一场竞赛，而是一段旅程

亲爱的塞斯，你现在还小，但是我已经苦思冥想了好久，关于你即将面临的人生以及我的生活，我反思我所学会的，思考一个父亲的职责，力图让你为未来岁月中即将面临的困难做好充分准备。

你今天并不能理解这封信的含义，但是某一天，当时机成熟，我希望你能在我与你分享的内容当中找寻到些许的智慧和价值。

你还很年轻，生命还尚未开始让你觉得艰难，没有在你的人生道路上感受到失望、伤心、孤独、挣扎和苦痛。你还没有被漫长、乏味的工作，被日常生活的打击搞得筋疲力尽。

因此，谢天谢地吧！你正处在人生一个美妙的阶段。还有很多美妙的阶段会来到你面前，但都不是唾手可得的，你都得付出代价，经历风险。

我希望通过分享一些我所学到的最好的道理帮助你走好人生路。至于任何建议，且把它当成作料，因为适合我的并不一定适用于你。

生活会很残酷，你的生活中一定会有并不友好的人。他们耻笑你是因为你不同于他们，再没有更好的理由。他们可能会欺负你或者伤害你。

对这种人，你除了学会和其接触外无计可施，同时你也要学会择友，选择那些对你友善的，那些真正关心你的，那些令你对自己感到很好的人做朋友。当你寻找到像这样的朋友，就一定要坚守这份友谊，珍惜他们，花些时间和他们在一起，友善地对待他们，并爱他们。

有时，你会遭遇挫折而非成功。生活并不总会如你所愿。这是另一件你需要学会处理的事情。但你要挺住向前，而不是让这些事令你陷入低谷。接受挫败并学会坚持，不畏风险地追求你的梦想。学会把消极转化为积极，之后你就能做得好得多。

你同样会面临心碎时刻以及你深爱的人的抛弃。我希望你无须经历太多此类事件，但如果不幸发生了，再一次，除了慢慢愈合心中的创伤并让你的生活继续外，你别无选择。让这些痛苦成为你通向更美好生活的垫脚石，并学会利用它们让自己更坚强。

无论如何，都要张开双臂拥抱生活。

是的，在你的生命历程中你会遇到残酷、煎熬……但不要让这些导致你拒绝接受新鲜事物。不要逃避生活，不要躲藏，抑或封闭自己。拥抱新鲜事物，经历全新体验，接触新的人。

你可能会被你遇到的人耻笑、欺负、伤害，而在见了一打这种稀奇古怪的人后，你会找到一个真正的朋友。如果你拒绝接触新人群，不向他们敞开心扉，你会避免受伤，但是同时也失去了认识这些不可思议的人的机会，他们会在你生命最困难的时刻陪伴你，并带给你人生当中最美好的时光。

你会失败多次，但是如果你让失败打倒了你，不再努力，你就会错过那种当你达到成就新高度的难以言喻的成就感。失败是成功之母。

生命不是一场竞赛。你会遇到一些人，他们总是试图超过你，在中学，大学，在工作中。他们想要拥有更好的车，更大的房子，更好的衣物，更酷的小玩意儿。对他们来说，生命就是一场竞赛，他们不得不比同辈做得更好来让自己感到快乐。

这里有一个秘诀：生命并不是一场竞赛，而是一段旅程。如果你在途中一直都试图给他人留下深刻印象，超过别人，那你就浪费了这段旅程。与之相反，学会享受它，让其成为快乐之旅、永恒的学习之旅、持久的进步之旅以及爱之旅。

不要为拥有一辆更好的车或一所更好的房子或者任何物质的东西，即便是一份薪水更高的工作操心。这些根本无足轻重，也不会使你快乐。你可能在拥有了这些之后只是想要更多。与之相反，学会满足你已经拥有的，然后学会利用你原本想要浪费在为挣钱买这些东西的时间，去做你真正热爱的事。

找到你的激情，坚持不懈地追求它。别让自己被一个还债的工作所累。生命太短暂了，更不可将之浪费在你所厌恶的工作上。

爱应该是你的生活准则。如果让一个词成为你的生活支撑的话，那它应该是"爱"。也许这听来已是老生常谈，我也清楚，但是请信任我，再没有更好的生活准则了。

　　一些人以成功作为生活准则，他们的生活会很紧张，不开心并且很肤浅。另一些人的生活准则是个人利益，他们将个人需要置于他人需要之上，事事锱铢必较。他们将孤独一生，终究也不会快乐。

　　用爱支撑你的生命。爱你的妻子、你的孩子、你的父母、你的朋友，全心全意地去爱。给予他们所需要的，不要流露出任何残忍、不赞同、冷漠或者失望，只有爱。向他们敞开灵魂。

　　不仅仅爱你深爱的人，也要爱你的邻居、你的同事，甚至陌生人，他们是你广义上的兄弟姐妹。给你遇到的任何一个人一个微笑、一句善语、一个友好的姿势、一双援助之手。

　　不仅仅爱邻居和陌生人，也要爱你的敌人。对你最残酷的人，曾经对你不善的人，爱他。他是一个备受折磨的灵魂，最需要你的爱。

　　最重要的是爱你自己。当别人批评你时，学着不要强加自己，去认为自己丑、笨，或者不值得去爱。而要想着自己是一个很完美的人，值得拥有幸福和真爱，并学会爱现在的自己。

　　最后，要知道我爱你并且永远都会。你即将开启一段有点奇怪、令人害怕但最终很不可思议的奇妙旅程，我永远会支持你。

孩子，永远不要相信一夜成名这回事，那只是表象。
不要只看到成功时的辉煌灿烂，却忽视他人在成功之前的积累。
记住，任何人的成功都不是无缘无故的。

——————
佚　名

愿你的人生拥有这样的情怀

孩子，我希望，作为一个奋斗着的生命，你能拥有这样的气度、心胸和情怀。

永远不要相信一夜成名这回事，那只是表象。不要只看到成功时的辉煌灿烂，却忽视他人在成功之前的积累。记住，任何人的成功都不是无缘无故的。

每周省下一点钱，为那些永远不会知情的人做一点好事，并使之成为一种习惯。记住，你可以帮助他人，但别求对方的回报。让自己始终保留一颗真诚、纯粹的爱心，坚持下去。实际上，这些小事会积少成多，而你的生活质量并不会因为这些付出而有所下降。

恨，是一种很容易传染的情绪，因此不要心怀怨恨，人类是因有爱而不是有恨才繁衍至今的。

不要迟到，时间就是生命，它对任何人来说都是珍贵的，对别人的时间表示尊重，也就是对别人的生命表示尊重。把你的钟表都拨快一点儿，无论做什么事情，比别人抢先一步，为自己多赢得一点时间来准备。

记住，一个成功的婚姻取决于两件事情：一是寻找最合适的人；二是成为最合适的人，二者缺一不可。

永远不要因为工作的繁忙，而忽视属于你自己的纪念日，生活中每一个特殊的日子，都是你人生所积累下来的最大财富。

不要害怕说"对不起"。对别人真诚地致歉往往能赢得别人的尊重，磊落的胸怀是快乐的源泉。

未必非得想出个什么理由，才送花给你深爱的人。表达爱的方式有千万种，选择哪一种方式如同你选择爱哪一个人一样，是不需要理由的。

养一只温驯的狗或别的小宠物，善待它，你会从中学到如何关爱生命，而它相对短暂的生命也会给你上好重要的一课——如何去接受那些生命中必然到来的离别。

要享受简单的生活，因为最简单的也是最真实的，往往也是最宝贵的。有时候，最古老的办法往往是最稳妥的办法。

孩子，我最希望你能牢记、烙印于心的是要寻找机遇而非安逸，停在港口的小船是安逸的，可停久了，它的底部将会变得腐朽不堪。

你为这世界付出多少心血，

这世界就会为你展示出多少光芒。

因为深知此道理，

所以才能狠得下心以柔弱肩膀承担一整个世界。

写给成熟

我们最终都要与稚嫩的自己告别

我们的成熟是由两部分组成，

一半是对美好的追求，一半是对残缺的接纳。

待人接物让人舒适，并且不卑不亢，

保留自我的棱角又有接纳他人的圆润。

成熟的人不需要辩解，仅仅一个微笑就足够了。

孩子，你要在生活里挣扎过、在青春里努力过，
才懂人生的滋味。
你要经历过浮华、见识到悲欢，
才明白岁月的静好。

────

没有烟火味道的人生，不是饱满的人生

孩子，没有谁能轻易看上庸碌一生的安稳，但我却发现很多年轻人过早地沉浸在"岁月静好"式的生活态度中。其实，他们的云淡风轻岁月静好，不过只是伴装自己早已拥有一切。

虽然文艺范儿十足，却也难掩内心已向"温水熬人"的安逸俯首称臣。看似岁月静好、随性自如，但这样的岁月静好，只不过是一个假冒伪劣的粗糙产品。这种"岁月静好"，没有岁月。

文艺气向来没错，但它的内涵应该是美好而积极向上的，而不应该是安稳中透露着"平凡可贵"的低迷气息。

谁不向往碧海蓝天，谁不渴望现世安稳，但这种岁月静好应该是历经沧桑后抖落的满地风尘，这种豁达明朗应该是奋力拼搏后对于青春无悔永远的追忆。

但当人们把文青当作标签，当作棉麻衣物，你穿上就以为成了文青；把岁月静好当作一大堆小清新的照片，PO 一批磨皮后的美图就以为岁月真的静好了。这才是一场骗局，只是逃避了真正的生活。

孩子，当人年轻时或许暂时还可以心安理得收着父母的生活费，几件衣服、几顿大餐、一场说走就走的旅行就能让你岁月静好，但当有朝一日踏入社会，无依无靠，没有背景没有实力时，岁月是否还能"静好"？

你的岁月薄得像一张纸。你却说自己知道工作，了解梦想，熟稔生活，非要用铅般重的笔在薄薄的岁月上刻写，非要把这层本就脆弱的纸写得千疮百孔、惨不忍睹，还得强颜欢笑说自己很好。你的底气何来？

年轻的你，如果沉醉于这种温柔中，那将来生活的每一次打击、小到鸡毛蒜皮的权益之争、大到亲人朋友的生病，都能将你虚幻的生活击碎。

你什么也没有，就什么也摆不平，自然难以有真正的"现世安稳"。

世界上最让人底气十足的，不是尊重与平等，而是被偏爱，但不要把一个人给予的偏爱太当真，以免靠近一个人，会失去全世界。安全感和偏爱，还是自我循环更可靠。当一个人炫耀的是被宠爱，赖以生存的是被守护，这种不能独自承受的作用力也会被传承，都说女子本弱、为母则强，不在于忍耐、而在于依然能创造价值，有生存实力。

众生皆苦，没有人会被命运额外眷顾。如果你活得格外轻松顺遂，一定是有人替你承担了你本该承担的重量。

那个替你负重前行的人，就是这个世界上最爱你的人，他总是怕你太累，而把最多的重量放在自己肩上。如果一个人对你好，绝对是命运的恩赐，而不是理所应当。哪怕是朋友，哪怕是父母。

年轻的你啊，请仔细想一想，你喜欢的那个岁月静好，是否只是表面的光鲜亮丽？你是否只是在掩盖你身上的软弱和懒惰？

如果不是，那么恭喜你，你能够在二十岁的年纪体验四十岁的智慧和生活，这多么难得。

但如果是，你为了维持它，或许比去争去抢还要艰辛，更获得不了你想要的沉静和智慧。又或许，你这么羡慕和热爱岁月静好，只是为了逃避真正的生活。

没有烟火味道的人生，不是饱满的人生，你要在生活里挣扎过、在青春里努力过，才懂人生的滋味。你要经历过浮华、见识到悲欢，才明白岁月的静好。你还要一往直前地的勇敢无畏过，才知道不忘初心就是最好的现世安稳。

孩子，是那些觉醒的上进心，
对更好生活的欲望和渴望，
让一代代人最终实现了从贫穷到富有的跃升。

————

人本来应该过踮着脚才能够到的生活

孩子，平庸的生活中，需要的只是一点亮光，一个不会让自己太狼狈，却又有点费力的目标。

一个人如果不按照想法去活，迟早会按活法去想。无论何时，都要相信自己值得最好，最好的食物，最好的衣服，最好的成绩，最好的事业，最好的朋友，最好的爱人。

当你压抑着自己真正所爱，凑合着接受了"退而求其次"，你一定不甘心，那种痛苦和遗憾，一定会在很多个深夜吞噬着你。一旦有外界的刺激，你一定会做出更疯狂的事情来报复凑合的自己。

当你相信自己值得最好，就会召唤你内心所有的力量去实现，去完成。哪怕不能抵达所有的最好，相信我，在你全力以赴去追求的路上，就已经体验了最好的人生。

是的，永远不要向世俗或者别人妥协，拒绝过凑合的人生。

很多人习惯了凑合过日子。但如果你只是俯下身去屈就生活，没有压力、没有动力也没有活力，难免始终活在生活的重压下，走下坡路；如果踮起脚尖够生活，虽然不可避免会有一点点辛苦一点点累，却可以伸长脖子看到远方，变得更加挺拔自信。

踮起脚尖够生活的人，永远在力所能及的范围内，给自己最好的人生体验。只有见到最好的，才知道人是为什么而努力，并不仅仅是锦衣玉食，也不是狭隘的奢华与享受，而是你在最好的地方，可以看到五光十色的生活，这一切，会拓宽你的视野，充实你的体验，让你觉得人活着是一件特别值得并且有意义的事情。

不是你是谁就配得上谁，而是你觉得自己配得上谁，你就是谁。你心目中的自己，值什么样的生活，你最终就会为自己配置什么样的努力。

孩子，人不应该失去上进心。那些看得见、需要踮脚才能够着的生活，是人保持上进的最好方法。虽然有时周围的人会嘲笑上进心。

对于那些刚刚实现温饱、每月靠工资为生的人，居然学着贵族的样子看樱花、去高档酒店大堂喝下午茶——有人会觉得这是一件可笑的事。

有一部分嘲笑者，自己可以轻易去看樱花、去高档酒店喝下午茶。他们在人之上，不能体谅那些经济条件不如自己的人。但是，我所看到的大多数嘲笑者，都是自己也在温饱线上求生的人。

他们觉得自己处在人之下，他们庆幸自己没有去看樱花或者喝下午茶，因而开心地嘲笑着那些同类的虚荣。他们觉得那些跟自己一样不富有的人，根本不该努力过得美一点、开心一点，哪怕省着钱去得到一些这样的享受。他们觉得，买昂贵的健身器材或者办健身卡，却在下班后挤地铁，租小房子，是很可笑的。

这种嘲笑背后藏着的意味是很可怕的：不要追求比你生活能力更好的东西，你配不上。很多时候处在下风的，不把自己当人；处在上风的，不把别人当人。

他们根本不知道，比现在生活高出一截的生活，可以让人产生最大的动力，往那个地方狂奔。

这种已经觉醒的上进心，其实也是那个时代很多人经历过的——也是现在无数人正在经历的。是那些觉醒的上进心，对更好生活的欲望和渴望，让一代代人最终实现了从贫穷到富有的跃升。

上进心不该被嘲笑。对更好生活的追求是人们最直接的动力，需要你把自己当人。

踮起脚尖就能更靠近星空，所以踮起脚尖去过自己想要的生活吧。既要脚踏实地，又不能被真实打败，每一天都更靠近一点，就总有一天能到达。

如果有朝一日你处在上风，别忘记你或父母拿到第一笔钱开心地买一件呢子大衣的时刻。如果有朝一日你站在下风，别学着嘲笑那些没放弃期待的人。这很可能是有一天你摆脱下风的最主要（也是最常见）的动力。

永远别做一个嘲笑上进的人，也别让自己失去上进心。人本来应该过踮着脚才能够到的生活。

孩子，不为一朵花停留太久，
相信这条路的前头还有千朵万朵花在等你。
你要知道自己究竟要去哪里，
在你没有抵达之前，不要为一朵花停住脚步。
————————

佚　　名

在你没有抵达之前，不为一朵花停住脚步

孩子，你将要远行，也将有一生的岁月等你去走。我送你三句话带在身边。

快乐是一种美德。

要保持快乐，这是我们平凡人最后的奢侈，不要轻易丢掉快乐的习惯，否则，我们将更加一无所有。

在你经过的每一个村庄，你要留下你的笑声作为纪念。这样，当多年以后人们再谈起你时，他们也会记得，当年曾有一个多么

快乐的小伙子从这里经过。

快乐是一种美德，你要把它像情人的手帕一样带在身边。无论你带着多少行李，你也不要把它扔到路边的沟里。即使你的鞋子掉了，脚上磨出了血，你也不和它离开片刻。

快乐是一种美德，这是因为快乐能够传染。你要把你的快乐传染给你身边的每个人，无论他是劳累的农夫还是生病的旅人，无论他是赤脚的孩子还是为米发愁的母亲，你都要把快乐传染给他们，让他们像鲜花一样绽开笑脸。

孩子，在你经过的每一个村庄，人们都会像亲人一样待你，他们给你甘甜的水，给你的包裹里塞满干粮，而你就给他们快乐吧！记住，快乐是一种美德，它能让你在人们的心中活上好多年。

不为一朵花停留太久。

孩子，在你的旅途上，会有许多你没有见过的鲜花开在路边。它们守在溪流的旁边，在风中唱歌跳舞，不要忽略它们，你的眼睛永远不要忽略掉美。

你要欣赏它们的身姿和歌声，你要因为它们而感到生活的美好。不管你的旅途多么遥远，不管你的道路如何艰险，你都要和鲜花交谈，哪怕只用你喝点水、洗把脸的时间。

不要看不见满径的鲜花，但是，我还要告诉你，当你沉浸在花香中的时候，不要忘记赶路，不要为一朵花停留太久。你只是一个过路的人，你要去的是前方，你的旅途依旧漫长。你的鞋子依然完整，你的双眼依然有神，你属于远方，而不是这里。

不为一朵花停留太久，相信这条路的前头还有千朵万朵花在等你。你要知道自己究竟要去哪里，在你没有抵达之前，不为一朵花停住脚步。你去的地方是远方，你要知道，那是很远很远的地方。

给帮过你的人一份礼物。

你会在某一天踩着满地阳光到达目的地，那是远方，那是幸福之乡。就在你打点行装，准备返回的时候，我要对你说，孩子，别忘了为那些帮过自己的人准备一份礼物。

你要记住，在旅途上，你喝过别人给你舀来的泉水；你吃过别人给你送上的食物；你听过一位姑娘的歌声；你向一个孩子问过路；你在一间猎人的屋中度过一个漫漫黑夜。

孩子，你要记住他们，要记住这些人的声音、容貌。在你返回前，你要为他们准备好礼物。

你要把几块丝绸、几块好看的石头细心地包好。你要给姑娘准备好鲜花，你要给老人准备好烟丝，你要想着那些调皮的孩子，他们的礼物最好找也最难找。

带上你在路上看过的风景、听过的故事，再带上你的经历和感触，在燃着火的炉边，讲给他们听。告诉缺水的人们前头哪里有水，告诉生病的人哪种草药可以治病，把你这一路的经验告诉他们，把前方哪里有弯路告诉他们。这些都是最好的礼物。

不要忘了给帮过自己的人准备一份礼物，只有这样，你的这次远行才算没有白走。

孩子，没有人可以一直被别人簇拥着，
当你一个人的时候，不要因为寂寞而轻易接受一个人，
因为这样的你将永远脱离不了寂寞的圈套。

————

佚　名

没有人可以一直被别人簇拥着

孩子，作为女孩子，你一定要学会照镜子。

许多人认为常照镜子是种自恋行为，其实不能那么说。照镜子也是一种自我端正的态度，可以提高自信，一个敢于照镜子的女人是勇于面对自己的人，而且照镜子可以随时注意自己的妆容，一个整洁自信的女人会比任何化妆品修饰的女人都来的有气质。所以，从今天起，每天即将出发前，一定要记得照一下镜子，对自己说一句："加油，今天会是很美好的一天！"

作为女孩子，你一定要学会放弃那个不爱你的男人。

男人不会喜欢死缠烂打的女人，如同张爱玲说过的：分手时

如果还爱着，请成全他，如果不爱了，请成全自己。其实在这个社会，当眼界看开就会明白，有些爱情不过是你自己把他想象得太过美好，不该放弃整个世界，偏执地去爱一个永远都不会爱你的男人。

作为女孩子，你一定要学会先爱上自己。

爱一个人最好的方式就是替他好好地爱自己。世间的爱不过是因为渴望一丝温暖，依赖一个肩膀，但是要明白，假如连自己都不好好爱惜自己，谁还会来爱你？不要太过相信别人说的那些甜言蜜语，那些什么不管你变什么样都会永远爱你，什么天荒地老。其实，想要别人对自己好，倒不如自己对自己好点儿来得坦然。

作为女孩子，你一定要学会享受寂寞。

这个社会变得越来越寂寞，灯火辉煌的夜晚有多少人寂寞着，孤独着，辗转反侧，没有人可以一直被别人簇拥着。每个人都是一个个体，即使是两块吸铁石相吸，它们也永远改变不了这个事实。当你一个人的时候，不要因为寂寞而轻易接受一个人，因为这样的你将永远脱离不了寂寞的圈套，战胜空虚唯一的办法就是享受寂寞，学会宁静。

作为女孩子，你一定要记住，不能欠下情债。

女人有时候别把自己估价太高，即使有个男人像发了疯一样以"高价"竞得了你，但是，交易是需要同等条件来兑换的，如果他发现你不值得付出那么多，或者说当他不再需要你时，他同样会发了疯一样毁了你。不要恨他，要怪只能怪你自己只想占便宜，尤其是男人的便宜。你以为他是自愿的，但是这个世界有因就有果，爱情也不例外，你得到的终究还是要你自己偿还。

作为女孩子，你一定要记住，无论多爱对方都要建立一个属于自己的交际圈。

黄脸婆是怎样形成的？是失去了自我而产生。无论是在交往中还是结婚后，女人都不该放弃自己的朋友，放弃一切只为好好地爱那个他。在爱情中，在生活中，在家庭中，假如你失去你的后援团队，你会彻彻底底变成他的附属品，假如有一天他不再爱你了，你会发现你失去了所有，如同在一个孤岛上被世界遗弃。而且，男人再伟大，他终究还是需要、欣赏一个永远都可以独当一面的女人。

作为女孩子，你一定要留下至少一件代表回忆的东西。

女人总是感性的，无论你有多坚强都会有柔软的一面。所以，不论是搬家，还是有什么状况，请记得一定要保留下一件代表回忆的东西。人在世界上漂泊，经常会有孤独感，但是，当你面对这件充满回忆的东西时，你会发现它会带来一种归属感，似乎总有那么一根线可以将你牵着，不至于会迷失在茫茫人海，不至于遗失最初的美好。

作为女孩子，你一定要拥有至少一个蓝颜知己。

如果你有了男朋友或者老公，虽然外面有几个要好的哥们儿貌似会惹来非议，但是在你有困难的时候，一个蓝颜也许可以顶过几个女朋友。不要说这是重色轻友，毕竟人生来就是异性相吸，无所怪也。不过，所谓蓝颜知己也就是和你绝对不可能会产生男女之情的那一种人，你们之间也是很纯洁的友情。我相信每个人身边都有这样的人存在，所以，你一定不要忽视他的重要性。

作为女孩子，你可以哭泣，但一定要学会狠狠地改变自己。

我说了这么多的话，最后要总结的无非是，女人一定要学会狠狠地改变自己，无论你现在已经受过伤，还是仍对世界充满幻想，无论你还爱着那个男人，还是恨着那个男人，无论你现在是怎样的，只要你还有梦想，只要你还没放弃，就该狠狠地改变自己，不是让生活把你踩在脚下，而是要加倍地好好爱自己，享受生活。

做女孩子，一定要内外兼修，在改变中遇见最美的自己。

孩子，要记得你是女子，当你的爱情来临，
请你认真对待，好好爱，用心爱，努力爱。
然后，再忘记你是女子，伤害太正常了，
看淡点，再看淡点，随后，轻轻地原谅。

佚　名

记得你是女子，然后轻轻忘掉

　　我的女儿，要记得你是女子，你应当干干净净，漂漂亮亮，清清爽爽。走在路上，你要抬起头相信自己是最美丽的姑娘。然后，再忘记你是女子，并不去过分地装饰自己，除了容颜，你更拥有好的气质。

　　我的女儿，要记得你是女子，你要懂得自尊自爱，无论何时何地都不能看轻自己。然后，再忘记你是女子，也会不屑那些摇曳身姿、争名逐利的女人。

　　我的女儿，要记得你是女子，你要善良，你要让自己在乎的人觉得你很好很好，你很温暖很温暖，爱笑的女子，运气都不会太差。然后，再忘记你是女子，讲义气，大气。

我的女儿，要记得你是女子，当你的爱情来临，请你认真对待，好好爱，用心爱，努力爱。然后，再忘记你是女子，伤害太正常了，看淡点，再看淡点，随后，轻轻地原谅。

我的女儿，要记得你是女子，你难过了可以哭，狠狠地哭，午夜梦回时随你便。然后，再忘记你是女子，一旦站在太阳下，就要懂得什么是坚强。

我的女儿，要记得你是女子，想哭就哭，想笑就笑，不要因为世界的虚伪而变得虚伪。然后，再忘记你是女子，你没资格无理取闹，你也可以豪气万丈。

我的女儿，要记得你是女子，对你爱的人、在乎的人、关心的人，珍惜在一起的每一天。然后，再忘记你是女子，对伤害你的人，宽容，祝福。是的，你有那种度量。

我的女儿，要记得你是女子，偶尔有些可爱的小任性、小赖皮。然后，再忘记你是女子，记得你身上的责任，记得你说过的每一句话，最起码，要做到尽全力，绝不做别人眼中的懦夫。

我的女儿，要记得你是女子，在一些人面前，你是小姑娘，你撒娇，你温柔，你怎样都好。然后，再忘记你是女子，干脆、果断、利落，不卑不亢，从不让人看笑话。

我的女儿，要记得你是女子，心怀感恩、慈悲；然后，再忘记你是女子，像男子汉一样，正直、坚强、勇敢，不让自己遗憾，不让自己后悔。

孩子，如果只是很少一部分人对你有非议，
真的没有必要在意，因为，你不可能，
也不必做一个人人都喜欢的橘子。

————

钟 天 竺

你无法做一个人人喜欢的橘子

我喜欢吃橘子，而有的人，再好的橘子也不吃。有时候我会劝对方，诸如橘子富含维生素 C 啊，这个品种的橘子特别好吃啊，等等，这时，对方强调说："再好的橘子我也不喜欢吃，因为我根本就不喜欢橘子的味道。"是的，作为一个橘子，哪怕是再好、再贵的橘子，也照样有人不喜欢。

这个世界上，每个人都有自己所爱的萝卜青菜，通往罗马的道路也有千千万万条，很多问题，不是单项选择，答案往往丰富多彩。每一件事情的变化都有许多种可能，不确定的世界才是真实的世界。

但是，人们常会因为一个不被接受的答案而苦恼，总以为错误一定来自自身，总是想："也许我不是一个好的橘子。"在沮丧中，我们失去了对自己的信任，在他人的眼光中，我们匍匐前行，有时候甚至失去了前行的勇气。

事实上，你无法做一个人人喜欢的橘子，别人爱吃香蕉、苹果，那绝对不是你的过错。开心地接受自己，才能走长远而宽阔的道路。

若全世界的人都不肯认同你，那确实是你出了问题，如果只是很少一部分人对你有非议，真的没有必要在意，因为，你不可能，也不必做一个人人都喜欢的橘子。

生活中，遇到他人对你自尊和自信的打击，或者是工作上的责难，或者是学习上的嘲笑，或者是爱情中的被遗弃，确实都是人生中很残酷也很难接受的事。人的自尊心和自信心是最脆弱的东西，我们会怀疑自己："是不是我真的这么差啊？"而后这种消极的情绪会使人沮丧，甚至一蹶不振。

我想说的是：你无法做一个人人都喜欢的橘子，你只能努力去成为最好的一个。

很多时候，事情并非如我们想象的那么糟，只要你不放弃，继续努力下去，迟早会有人在收获的秋天发现你这可爱的果实。那时候，我们当庆幸自己就是这样的一个橘子了。

坚持做最好的自己。岂能尽如人意，但求无愧于心。能这样想着，你会轻松快乐许多。然后，你才能有美丽的心情看到生活中的种种美好，水清鱼读月，花静鸟谈天。世界，仍是一个等待你成熟的果园。

孩子，人常常不肯认错，
凡事都说是别人的错，认为自己才是对的，
其实不认错就是一个错。
学会认错是一种美德。

—————

成熟不是做对所有的事，
而是能为做错的事负责

　　孩子，那些取得较大成就的人，很多并不是学生时代成绩最优秀的人，而是那些从小就敢于承担责任的人。

　　很多人有才华，有天赋，很聪明，但太聪明的人难成大事。正所谓：聪明逃避，智慧承担。聪明的人喜欢逃避，喜欢推卸责任。常把聪明用于巧妙地免除自己的责任或把责任转嫁到别人的身上，少付出甚至不付出，这是此类人头脑的最爱，是头脑执着的聪明的梦。所以有时太聪明的人往往目标不清晰，不付出，难坚持，就难以成为佼佼者了。而那些踏实朴实的人，他们总是承担起责任，直面自己的真心，目标清晰，知道自己想要的结果，不忘初心，不计付出，百折不挠，终能成功登顶。

聪明人善为军师不善于成为将帅，军师只是提供选择，将帅才是做决定的人。所以成就大事的人，往往不是聪明的人，而是那些敢于承担的人。有大智慧的人不怕屈辱，不怕误会，愿意承担自己肩上的那份责任。

成熟不是做对所有的事，而是能为做错的事负责。犯错很简单，认错却很难。不敢认错，不敢承担的人，多是自尊心作祟，没勇气认错，叛逆个性使然。为了保护自己，就是打死也不愿意认错。

心理学专家乔纳森·布朗在他的《自我》一书中对人的死不认错思维的总结非常精辟而实在。他以哥哥打了弟弟为例，列举四种自我辩解的方式：

宣称无辜：我没打他，那是他自己摔的；

重新解释：我没打他，我只是拍了他一下而已；

合法化：我打他是因为他先打我；

找借口：我只是不小心打到他而已。

很多人都会陷入有此类自我辩解的模式，因为人在面对自己犯下的错误时常常就是这样做的，这就是人本性中的劣根性思维模式。反正我的错都不是错，就算是我的错我也死不认账，错都是别人的。这就是罪人的惯性思维。

人常常不肯认错，凡事都说是别人的错，认为自己才是对的，其实不认错就是一个错。学会认错是一种美德。要知道，其实在生活里不需要每时每刻都做好战斗的准备，和身边的每个人都针锋相对。

心地柔软，是一生最大的进步。一般形容执着的人，人们总会说你的心、你的性格很冷、很硬，像钢铁一样。我们只有调息、调身、调心，慢慢调伏像野马、像猴子的这颗心，令它平和，令它柔软，人生才能活得更快乐、更长久。

知错是一种觉知、自省、细微观照的功夫，认错是一种勇气、是放下与谦卑的行为，改错是一种智慧，是爱惜自己与向上提升的抉择，无错是一种修正后更自在、无碍的升华后更完美的境界。

认错犹如一把剪刀，是一个能将捆绑在身上的绳子剪断，让自己更自由自在的方法；也如一把钥匙，是一种能将心灵的枷锁解锁，让灵魂更放下，是欢喜、感恩的行为。

孩子，生命犹如溪流，

源于何处，流经何处，归向何处，

由不得自己，无所谓好坏，坦然面对、全盘接受便是。

抱怨是弱者的心态，于事无补，于人于己无益。

————

陈伟光

聪明的人从来不会败给情绪

孩子，今天是你的生日。不知不觉，你已经20岁了。按中国传统观念，你从此就是成年人了，可以自主决定生活方式和人生道路了。你将面临一系列人生课题，如求学、恋爱、婚姻、家庭、职业等。如何完成这些课题，直接关系到你的人生是否幸福。

在这个最重要的时刻，爸爸想对你说：

人总是在困难中前行，千万不要抱怨。生命犹如溪流，源于何处，流经何处，归向何处，由不得自己，无所谓好坏，坦然面对、全盘接受便是。抱怨是弱者的心态，于事无补，于人于己无益。

　　烦恼与快乐只在一念之间，守住善念不移。人之忧乐，系于得失。得之不惊，失之莫憾。结善缘，诚感恩，人神共佑，处处安泰。纵遇违逆，莫生恶念，恶念只会带来烦恼。

　　人的价值在于付出，以索取为耻。付出，证明你富有；索取，证明你贫穷。帮助别人，快乐的是自己；向人索取，得到的是失落。尊严比黄金宝贵千倍。

　　没有坏运气，只有坏习气。种种不顺，习气所造。好习气带来好运气。所谓好习气，概而言之，乃一心不乱、一丝不苟。好习气在日常生活中养成，点点滴滴事关修行。

　　学习是一种能力，也是一种享受。掌握一门专业知识，便拥有进入文明社会的名片。专业没有高低，喜欢便好；知识不在多少，会用便好。会学习的人，其实是在玩一种智慧游戏。

　　工作不是为了谋生，而是为了快乐。干什么并不重要，喜欢就好；钱多少并不重要，够用就好。最最重要的，是在工作中释放能量，释放快乐，释放人格之美。

　　爱情不是拥有，而是相互赠予。与其追求爱情，不如打理自己。从内外兼修到内外兼优，爱神自然眷顾。不排斥、不攀附，善良真挚最可靠。切莫追求完美，切莫迷信激情，切莫执着永恒。

相对宇宙地球很渺小，相对人类个人很渺小。爱护自己，悲悯众生，欣赏自然，乐观自在。安身之处即故乡。财富、地位等仅是身份象征，个人的本质特征是心灵。心量大者，不计较、不比较，烦恼随风散，动静皆自由。

身体比事业重要，成长比成功重要，超越比追求重要。人生是一个生命过程，好好享受这个过程，让生命之光活泼泼地闪耀在寄身所在的时空中。

孩子，你不必伤感，也不用惋惜，
也不必妄想留住时光，
因为这就是人生，有些事你留也留不住。
你一定要先学会忍受时光的无情，
才会懂得享受它的温柔。

————————

佚　　名

你的身体和灵魂，总有一个要在路上

孩子，当你看到这段文字的时候，说明我已经不再把你当作一个孩子来和你谈谈。

人必须有一个正确的方向，就像船如果没有方向，任何时候都是逆风。无论你多么意气风发，无论你是多么足智多谋，无论你花费了多大的心血，如果没有一个明确的方向，就会过得很茫然，渐渐就丧失了斗志，忘却了最初的梦想，就会走上弯路甚至不归路，枉费了自己的聪明才智，辜负了自己的青春年华。

有时候，人生中莫名的失落其实不是因为别人的不好，也可能是总把自己想得太重要，没有摆平自己的位置，你以为你生病了别人会照顾你，你以为你喝醉了别人就会安慰你，你以为你不联系别人别人就会联系你，这一切的一切，有时只不过是你以为罢了。

有时候，你难免多心，心思一多，许多小事就跟着过敏，于是，别人多看你一眼，你便觉得他对你有敌意；少看你一眼，你又认定他故意对你冷落。

多心的人注定活得辛苦，因为太容易被别人的情绪所左右。多心的人总是胡思乱想，结果是困在一团乱麻般的思绪中，动弹不得。有时候，与其太过多心，不如难得糊涂。

所以，特别是当你离家在外，不论别人给你热脸还是冷脸，都没关系。外面的世界，尊重的也许是背景而非人本身。

朋友之间，不论热脸还是冷脸，也都没关系。真正的交情，交的是内心，而非脸色。不必过于在意人与人之间一些表面的情绪，因为至交之人不需要，泛交之人用不着。情绪这东西，你不在乎，它就伤不到你。

　　我在三十岁的时候伤感二十岁已经不再回来，我在五十岁的年纪怀念三十岁的生日有多么美好，我希望，我在更加老去的时候，想到这一生的岁月如此安然度过，便可以快乐地接受，夕阳最美时，也总是将近黄昏。世上有很多事都是这样子的，尤其是一些特别辉煌美好的事。

　　所以，你不必伤感，也不用惋惜，也不必妄想留住时光。因为这就是人生，有些事你留也留不住。你一定要先学会忍受时光的无情，才会懂得享受它的温柔。

　　每个人都有很艰难的岁月，但是大多数时候，那些艰难的岁月最后会变成整个生命中最精彩的日子，前提是你挺过来。

　　孩子，我最后给你的一个建议就是，人应该多读书，多出去旅行，你的身体和灵魂，总有一个要在路上。找一个让心里安静和干净的地方，让自己变得跟水晶一般透明，然后拍一些美得让自己潸然泪下的照片，留给老年的自己。

孩子，人生就像一列车，

车上总有形形色色的人穿梭往来。

当你下去的时候，和认识的人挥挥手，

转身之后，你最该记住的，只有回家的路。

————

佚　名

世界再精彩，你最该记住的，只有回家的路

孩子，十八岁的你，已经需要慢慢走向成熟了，所以，不要逢人就诉说你的困难和遭遇。

十八岁的你，对于许多必然的事情，需要开始学会看开一点，一如毕业和分开。毕业是个残忍的季节，所有成熟的和不成熟的，总要一同强制收割。而在经历以后你也会懂得，其实生活并不需要这么多无谓的执着。

每当你无聊的时候，总是会给你打电话的那个人，才是关心你的人，不要因为习惯了，就觉得那是应该的。你应该知道，没

有事又没有企图，还会给你打电话的人不多了，如果能聊很久的话，你应该懂得为什么。

朋友不需要天天联系，如果他需要你的时候，把他的事当成自己的事去办，一定要竭尽所能。如果手机里的老朋友的联系变得越来越少，不要觉得孤单，那很正常，那是人生路上必然要经历的。所以，不要欠朋友太多东西，因为你可能永远都没有机会还他。

过了十八岁，不能再动不动就说打算为了梦想放弃这、放弃那。成熟的男人要有思想，更要有理智。

不要太看重梦想，那毕竟只是梦想，吃饱饭才是一切的前提；不要太看重现实，如果有一个人，她肯一直一直陪着你，已经是难得了。珍惜手边的幸福，也许，你的一生也就只有那么一个人，会真正用心在你身上。不要等到失去以后，才悔不当初。

过了十八岁，不要动不动就许下承诺。更要永远记住，感情和婚姻不能建立在金钱之上，要选择一个可以跟你同舟共济，可以跟你一起承受人生挫折的女人。然后，努力地改掉自己的臭脾气和大男子主义，不能再以为那很酷，很个性，你应该知道，那也很致命。

　　如果你在街上看见一个乞丐，你可以不给他钱，但不要说他可能是骗子，这不是你不帮他的理由，却只能说明你不仅冷漠，而且冷血。

　　人生有很多改变自己命运的机会，这些机会要你自己去寻找，去把握，而不是等待别人给你。每个人也都会累，但没人能永远为你承担所有伤悲。男人可以哭，但是不可以轻易认输。

　　人生就像一列车，车上总有形形色色的人穿梭往来。你也可能会在车上遇到很多你以为有缘分的人。但是，车也会有停下来的时候，总会有人要从这列车上上下下。当你下去的时候，和认识的人挥挥手，转身之后，你最该记住的，只有回家的路。

✦
✦

年轻时的你，心脏都是比较小的，

一点苦难放进去，都显得大。

长大后的你，心脏就会变大了，

即使再大的悲伤装进去，

也照样可以冷静地处理，平静地遗忘。

写给爱情

余生很长，要和相爱的人在一起

或许你永远无法成为让人人满意的自己，

可如果坚持做喜欢的自己，努力变成更好的自己，

那么你终会遇见彼此喜欢的那个人。

其实到最后，每个人都是在寻找同类，

就像溪流汇入江海，光束拥抱彩虹。

孩子，等脚已定型，心也定性的时候，

再找一双适合自己的鞋，

鞋子不一定要别人看起来高大上，

只需要在历经风雨泥泞之后仍然不脱帮掉底便好。

这个道理适合恋爱，也很适合婚姻。

————

早晚有一天，你是要谈恋爱的

　　孩子，早晚有一天，你是要谈恋爱的，我以过来人身份忠告：花前月下的漫步总是美好的，甜言蜜语更是迷人，可别忘了现实中还有风霜雨雪。

　　生命中的一切都是耕耘的结果，爱情也不例外。对女性来说，最悲剧的就是相信灰姑娘的故事、想成为灰姑娘式的女人。对男性来说，最悲剧的就是想成为青蛙王子。两个童话的核心都是不劳而获、一步登天。这些童话故事让多少男男女女，寻寻觅觅，凄凄惨惨。你以为的一见钟情，不相匹配、没有耕耘，都是浮云。

　　通过嫁娶改变命运，这是灰姑娘和青蛙王子情结的核心。这无异于是把自己人生的成功以及快乐幸福的控制权交付于别人。是一种"受制于人"而非"操之在我"的状态。简单讲，就是把自己快乐幸福的遥控器交给他人掌控，由别人决定自己的快乐与否。"从此，他们过上了幸福的生活"，是每一个美丽童话的结尾，可是又有谁考究过，后来，又会有怎样的故事呢？

　　你要知道，成年人的感情里，除了看真心，还要权衡利弊和认真经营。古人说的"门当户对"也有这个意思，需要双方在各方面处于均衡，方可长久，否则，难免分手的命运。

　　当然，对女孩子来说，并不是所有的穷小子都不值得你嫁，那个愿意在恋爱期为婚姻奋斗的男人，同样靠谱。即使一个有钱人给了你快乐，如若只知道挥霍，这样的感情也岌岌可危。

　　那个咬紧牙关努力的男孩子，也别总是抱怨女人爱钱，不是女人爱钱，而是在安全感系数低的感情世界里，钱有时候比感情更能给女人安全感。

　　毕竟，童话般的爱情，终究不能搬到平凡人的生活里。当人类越来越向前行，爱情面前也就更讲究人人平等、双方有责。这不仅是影视剧中爱情的表现形式，这或许才是爱情本来的面目。

真爱从来就不是守候、等待的结果，是在人生的风雨坎坷中，冲突、挣扎、陪伴、不离不弃、共同面对、创造的结果。

努力耕耘、相濡以沫的爱情等于是给爱情添了黏合剂，加了双保险。不要说那样的爱情太平凡，有一首歌唱得好："我能想到最浪漫的事，就是和你一起慢慢变老，一路上收藏点点滴滴的欢笑，留到以后坐着摇椅慢慢聊；我能想到最浪漫的事，就是和你一起慢慢变老，你还依然把我当成手心里的宝"。那种历经岁月沧桑而弥足珍贵的情感正是不少人所欠缺的。

不要单纯地因身份爱上对方，要清醒地认识到传说中的那双水晶鞋并不是每个人都合脚。难道，就不能靠自己的双手打造适合自己的玻璃鞋，非得要穿上王子的那一双？

等脚已定型，心也定性的时候，再找一双适合自己的鞋，鞋子不一定要别人看起来高大上，只需要在历经风雨泥泞之后仍然不脱帮掉底便好。这个道理适合恋爱，也很适合婚姻。

孩子，人又不是动物，不可以不顾感觉和心灵
随便找个性格稍能匹配的异性就草草鸣金收兵。
人们活着从来都是为了遇见更好的自己。

————

只为了摆脱寂寞而恋爱，
本身就是一件寂寞到绝望的事

孩子，我经常说人往往是赢不了寂寞的群体。人最终的落脚点是需要身边有人，如果你单纯地想让自己在独居的环境下发展自己的生活是很难做到的。而且随着年龄的增长、时间的推移，寂寞的感觉会越来越强烈。但你千万不要因为想摆脱寂寞去随便找一个人恋爱。

你担心单身时间久了会失去被人爱的权利，害怕因为上一段感情受挫而失去了爱一个人的能力，可你要相信单身久不代表就是你的"罪"。不要盲目自卑或者因为脆弱失落就结束单身，因为

如果单身只是没人陪，那随便就结束单身就有可能会遇到错误的人。依然相信爱情这不是矫情不是鸡汤，这是信仰。

有多少人，因为耐不住心中的寂寞，为了寻求一点点的温暖，他或者她，开始恋爱了。

恋爱，有的是为了恋爱而恋爱，有的是为了结婚而恋爱，而有些人纯属为了摆脱内心的空虚寂寞而恋爱。

寂寞中得来的爱情，很可能只是彼此孤独时的需要，是一种寂寞的慰藉，而非真正出自内心的爱。可以开心就在一起，不开心就说再见；可以想见时见，不想见时避开；可以分开三五个月都不觉得被需要，淡了散了都无所谓。

因为寂寞而恋爱的男人，很多时候会把这个女人当备胎，需要的时候才想起，不需要的时候好像生活中从未出现过此人，一旦他的身边出现更好的人，他可以迅速将备胎忘记，毫不犹豫地放手，这样的男人，和他恋爱，你又得到了什么？

因为寂寞而恋爱的女人，一旦找到一个精神上的慰藉，便无法挣扎开来，走进了感情的围城，想要出来，却心不由己。

寂寞，绝对不是恋爱的理由。人们渴望的爱情，是一个真正属于自己的爱人，一颗只属于自己的心，一片属于自己的天地，一份只属于彼此的感情。守着寂寞的爱情，等待缘分的到来，等来的也许是一身的遗憾。

单身是你一个人的事，尽管身边无人，答应我也要活得像一支军纪整肃的队伍。有没有那个人的存在，都不应该影响你的生活质量。人生是自己的，人生的品质是自己塑造的，跟单不单身有什么关系！

人又不是动物，不可以不顾感觉和心灵随便找个性格稍能匹配的异性就草草鸣金收兵。你要好好读书充实自己，坚持健身美丽自己，学琴棋书画陶冶自己，四处旅行开阔自己……人们活着从来都是为了遇见更好的自己。运气好能棋逢对手，那是锦上添花，达不到雪中送炭的高度；运气背还没邂逅真爱，也要不自暴自弃，欲速不达。

作家连岳就曾说过：爱情是两个强者的风花雪月，不是两个弱者的苦大仇深。我深以为是。

总得先成为强者，才能有顺其自然的爱情，如果把爱情当成目标苦苦追寻，随时做出一副"你愿娶（嫁）我就嫁（娶）"的姿态……那我只能说："这是一场胜算很小的豪赌。"

毕竟，若只为了摆脱寂寞而恋爱，本身就是一件寂寞到绝望的事。

孩子，如果属于你的那份爱情姗姗来迟，

不要唏嘘你们为什么没有在最美的年华里遇见彼此，

也许，上天让你晚一点遇到，

就是不想让你错失他。

————

佚　名

也许晚一点遇到，就是不想让你错失他

孩子，真正的爱不是让你极其疯狂，而是让你极其理智。爱情应该对双方的人生目标都有所帮助，而不是牺牲一方去成全另一方。明智的女人，不会为了任何男人放弃自己的理想，她也不会希望她爱的男人为了她放弃他的理想。

在确定关系之前，不必拉着他跟你说清楚："我们这算什么呀？"基本上，男人想说清楚的时候自然会说清楚，想确定关系的时候自然会求着你确定关系。有诚意的男人，不用你催；没有诚意的男人，那还有什么好说的？

爱情不是你胜我负的比赛，其结果要么双赢，要么双输，而在爱情里故意去伤害别人的人，不是强者，而是弱者。只有弱者才需要通过伤害别人，来证明自己的强大。

当然，有时候你去伤害一个你爱的人，并不是因为你真的想伤害他们，只是为了向自己证明他们还在乎。但这同样是弱者的招数而已。

一个说要为你做出一些轰轰烈烈的"大事"的人，不一定是真的爱你的人，而很可能是因为头脑一热，或者是为了引起你的注意，捕获你的心。很多人的悲剧逻辑就是："他曾经那样对我，恐怕这世界上没有第二个人能做出那么浪漫的事情，他最爱的女人一定是我吧。"

其实，他能对你有多浪漫，就能对别人有多浪漫。

真正爱你的人，也许从未为你做过任何"大事"，但是他每天都在为你做着无数小事，比如，早上他帮你倒牛奶；天冷外出的时候把自己的外套披在你身上；你心烦的时候，他耐心地听你倾诉；盘子里的最后一块肉，总是留给你吃；你忙的时候，提醒你今天是你外婆的生日；在长途车上，当你的枕头，让你能舒舒服服睡一觉。

这些事情，细微得你几乎察觉不到，甚至他也察觉不到，默默对你好，已经成了他的一种习惯。这样的男人，才是你的 Mr . Right。当然，前提是你也爱他。

如果属于你的那份爱情姗姗来迟，不要唏嘘你们为什么没有在最美的年华里遇见彼此，也许，这恰恰是你该庆幸的。那时的你们，可能空有青春的容颜，却没有一颗清醒的头脑，只顾自己爱，却不懂得对方的需要。上天让你晚一点遇到，就是不想让你错失他。

孩子，"他爱我，因为他离不开我"，
或者"离开你，我就没法活了"，
这并不是爱的宣言，
而恰恰说明你根本就不懂爱。

————

佚　名

当你口中说出"爱"的时候，
你要知道"爱"是什么

孩子，当你口中说出"爱"的时候，你要知道"爱"是什么。

爱，不是依赖和托付。如果你说"他爱我，因为他离不开我"，或者"离开你，我就没法活了"，这并不是爱的宣言，而恰恰说明你根本就不懂爱。依赖不是爱，而是源自恐惧，一个心存真爱的人是不会有恐惧的。你如此执拗，吓了我一跳，因为过度依赖的心态无异于在以爱的名义乞讨。

如果你心里是有爱的，你就一定会去为你的爱负责任。如果你的内心没有爱，那些责任与道德就只会变成你的枷锁，变成让你人格分裂的毒药。

爱是内在的开花。当你经历过所有的风雨之后，爱是内在那颗灵性的种子终于开出的芬芳的花朵。爱是了解，了解自己，了解他人也与自己一样，都怀揣着那颗即将开花的种子。于是，爱是接受，接受这个完美世界里一切的不完美。

爱是自由，而非占有。当一个人是有爱的，他的胸怀会是博大的，不图占有，而这种自由就如空气一般，轻盈地弥散在周围。

爱是给予，而非索取。这种给予不求回报，不是一只手伸出去说"给你"，另一只手却暗藏着说"请你也回报给我爱"。它不会玩花招，不会使手段。

爱是尊重，而非强迫。爱是尊重自己的生命，也尊重他人的生命；爱是尊重自己的选择，也尊重他人的选择。有爱的人，一定会尊重每一个生命的不同，会宽容，会接纳，会允许每一个生命以他们自己的方式去成长，去探索，去寻找属于他们自己的使命，去呈现他们各自的生命之美。

爱是信任，而非怀疑。信任其实是爱的一个代名词。当你有爱的时候，你会既信任别人，也信任自己。哪怕你的信任被另一个还没有找到内在之爱的人滥用了，你也觉得 OK。因为，一个有爱的人会看得到其他人内在最善良的一面，总是为他人着想，而且，一个有爱的人也一定是一个输得起的人，相信自己，再大的逆境也能闯得过去。

爱是负责，而非逃避。这个负责不是社会或他人强加的，而是要发自内心的承担。有爱的人一定是为自己的情绪及行为负责的人，不会逃避，不会推给他人，很自律。

爱是单独，而非孤独。一个有爱的人，即便是和自己独处也不会觉得孤独。孤独的人是可怜的，因为他还没有找到自己。

爱是融合，而非纠缠。纠缠让人紧抓，想占有，而融合却不是，即使对方远在天涯海角，心却还是在一起的，还是洋溢着幸福感与满足感的。一个有爱的人，是可以享受分离的，因为他知道，离开并不意味着爱的缺席。

孩子，一段好的恋情，应该是当你和他在一起的时候，
看到的不是自己的丑陋，而是自己的好。
爱，不是改变对方，而是一起成长。

———————
佚　名

爱不是改变对方，而是一起成长

　　孩子，真正爱一个人，很多事情是会情不自禁的。一个人爱不爱你，是否在意你，其实你是感觉得到的。所以，不要骗自己，不要勉强自己。通常，真正的感情根本不需要追的。两个人的默契慢慢将两颗心的距离缩短，在无意识中渐渐靠近彼此。

　　每个人都有自己的生活方式，别人的不一定适合你，尤其是感情这种事，最终需要自己做主。自己做主的标准很简单，一段感情能让你开心安心，就谈下去；一段感情让你痛苦不安，那就要谨慎了。但请你记住，若爱，便深爱；如弃，便彻底。暧昧，只会伤人伤己。

　　在爱情里，一定要学会知足，因为能遇到对的人，已经十分不容易，他能对你好，就更应该珍惜。爱不是改变对方，而是一起成长。

　　走不进的世界就不要硬挤了，难为了别人，作践了自己，何必？一段好的恋情，应该是当你和他在一起的时候，看到的不是自己的丑陋，而是自己的好。

　　所以，要让爱情简单，最好就是精选适合自己的人。一个真正值得去爱也懂得爱的人，自然会让爱情变得简单。这样，两人之间平时不需要猜测心意，不用担心行踪；不害怕在无意之间激怒，不怀疑做任何事情的动机。两人之间，有一点牵挂，却不会纠缠；两人之间，有一点想念，却不会伤心。

　　爱一个人的时候，他的缺点可能微不足道。只有当爱情褪色的时候，他的缺点才像一个富翁的穷亲戚那样，时刻考验着你的良心和耐性。

　　所以，当你爱了的时候，不妨暂时远离，灭一灭升腾的爱火，重新打量你爱的对象，看看自己是否有能力读懂他，是否愿意理解他，始终欣赏他。

　　然后，你还要抛开他所有的优点，只看他的缺点，并且尽量放大，问问自己是否能包容。想一想，如果今后他的缺点不但没有改变反而膨胀，你会不会轻易地离弃？

或许你会爱一个人爱到死去活来，但在多年以后回想起来，会奇怪当初为什么会那么傻，那个人根本就不是你的菜。那不是你的口味变了，而是你的品位变了——原来，爱，还有更好、更健康的味道。

所以，前女友常常是男人心中的一道伤疤，既不忍去看，又无法挥之而去。如果你爱上了一个曾经经历过"长恋"的人，最好的办法就是：用你和他的幸福经历，去盖过他和她的曾经。既然注定无法更早一点地遇上他，那就用更快乐的方式拥有他。

世界上有许多出色的男人，而真正属于你的感情只有一份。千万不要因为别人的眼光而改变自己的挚爱，千万不要活在别人的眼光里而失去了自己，也不要因为爱人的沉默和不解风情而郁闷，因为时间会告诉你，越是平凡的陪伴，就越长久。

感情不是梦想，世界上也没有十全十美的爱情，相爱就要相互包容。所以，用心守护属于自己的并不惊天动地的爱情吧。

孩子，包容是相处时的美德，
再好的人，也有需要别人宽容和妥协的缺陷。
不过，没有底线的包容，只会宠坏你喜欢的人。
————————
佚　名

别掉进自以为是的圈套中

　　孩子，我不是爱情专家，但是，我想下面的话是你需要知道的，否则，你也许会在爱情中一厢情愿和自以为是，掉进自己设下的圈套之中。

　　你可能会觉得："天下之大，总有最适合我的人。"而我要告诉你的是："珍惜眼前人。"

　　世界这么大，你和他未必碰得到；世界这么大，就算碰见，他也许已经有了另一个她陪伴；世界这么善变，就算你们彼此倾心，也未必能走到一起。所以，当遇见值得自己珍惜的人，还是好好珍惜吧，不要总是等待远方那个完美的人。他是月亮，他是星星，你梦见就好，无须真正爱上。

你可能会觉得"喜欢就不在乎我的打扮"，而我要告诉你的是"没有男生不喜欢养眼的美女"。虽然他也会说，他最在意的是女生的气质和性格，但那多半是用来哄人的。男人是视觉动物，眼睛爱了心才会爱，打扮得体靓丽的女生，让他们有急切交往的冲动。就算交往久了，他们也希望她能保持抢眼的装扮，一来看着顺心，见到就愉快；二来也带得出去，赢得他人的羡慕。所谓女为悦己者容，其实也是在为男人的面子扮靓。

你可能会觉得"容忍能体现我对他的好"，而我要告诉你的是"别被他看轻"。包容是相处时的美德，再好的人，也有需要别人宽容和妥协的缺陷。不过，没有底线地包容，只会宠坏你喜欢的人，助长他的气焰，最后变得自我、狂妄。

也许你可以接受他的缺点，但也要提醒他，哪些方面需要改进，让他知道你容忍的限度，并为提高自己而努力。如果你一味纵容，以为爱他就是无视他的坏毛病，那他准会得寸进尺，看轻你，不在乎你，甚至把你的想法当透明。

你可能会觉得"厌倦是爱情死亡的证明"，而我要告诉你的是"厌倦也许正是关系新生期"。每一段爱情，最后都会从激情走向平淡。开始时浓烈的兴奋和痴情，慢慢变得温和平静，少了冲动，开始觉察心中人的缺点，也会为失去新鲜感而烦躁不安。这时候你会问自己：是不是这些都是不爱他的征兆？

其实，乏味，倦怠，排斥，都是恋爱平静期的正常情绪，既是情绪从高潮回落的必经过程，却也是证明双方关系走向巩固和稳定的标志。没了新鲜，却有了默契；少了冲动，却多了脚踏实地的相处；看见了缺点，却也是开始了解真正的对方。和平务实地相处，反而能考验出双方感情的纯粹度，是爱情的新生和深化。

你可能会觉得"任性，他才会总想着宠我"，而我要告诉你的是"错，他最怕麻烦"。

撒娇，耍性子，是女生恋爱时的受宠撒手锏。对于平淡稳定地相处，不少女生会觉得无趣寡味，也担心身边人不像一开始那么心疼自己，于是逼他说甜言蜜语，看他紧张地倾诉衷肠，暗暗享受他的真情流露。

小打小闹，固然可以给淡然地相处添撒风味，不过，一旦超出男生的心理承受范围，让任性成了习惯，只会让他觉得你不懂事，不会照顾和体谅他的感受。时间长了，小情趣变成了大累赘，男人，喜欢稳定，讨厌麻烦，你要是总让他心神不定，那他早晚会去想寻找另一片宁静天地。

你可能会觉得"距离不是问题"，而我要告诉你的是"相处识真情"。距离可以增加思念，可也燃烧激情，当最初的迷恋渐渐消退，距离就会成为彼此进一步沟通的最大障碍。

两个人的性格差异，需要亲密地相处来了解和适应，由浓转淡的感情，更需要通过分享心情的话题维护下去。距离只能诉说思念，真实自然地相处才能传递彼此的心意。想一个人，应该去见到他，多见他，才能知道究竟爱不爱他。

你可能会觉得"柔弱最能留住他的心"，而我要告诉你的是"他需要微笑"。

没错，女人的柔弱和眼泪，的确能让自己显得楚楚可怜，能让男生涌起保护和照顾的冲动。女人的软弱，让男人意识到自己的力量，把她圈入自己的羽翼下。

但是，只有弱小和泪水，也会让男人觉得困扰。他会心有不安，会怀疑自己的力量，会担忧自己满足不了她的要求。

你可能会觉得"吵架是必要的沟通"，而我要告诉你的是"开心才长久"。

谈恋爱，争吵是避免不了的。再爱得如胶似漆的一对，总会因为性格不同、想法各异而争执吵闹。吵过，才了解对方的真实想法，以后学着彼此理解和包容，不再计较什么。

可是吵架总会伤心伤神，每吵一次，都会留下一道阴影。如果碰上不开心就发泄，不懂得适当地包容，会给对方造成相处的负担。吵完，大家都要努力调整心态，积极培养良好的情绪来相处，而不断地吵架，会把好不容易酝酿的情绪一点点破坏掉，时间久了，人麻木了，就懒得培养好心情，随后只有分手。

你可能会觉得"两人的兴趣需要保持一致"，而我要告诉你的是"不同才神秘"。恋爱中，最有乐趣的事情之一，就是发掘相同的兴趣爱好，一旦察觉，如获至宝，感觉缘分又进一步，相处时也能找到更多的话题。

但是，爱情的美好与长久，其实跟兴趣是不是一致没有绝对关系。爱好不同，有时反而更能吸引对方的好奇心，推动他了解自己未知的世界。当男人发觉女生擅长做自己陌生的事，他会觉得你充满新鲜和神秘感，兴趣，恰恰会激起男人爱的冲动。

　　你可能会觉得"恋爱应该每天联系他"，而我要告诉你的是"要给他个空间"。太频繁紧密的联系，可能有害于爱情。

　　男人需要体贴和关心，但最好能给他恰当的空间，让他在恋爱的同时，也能兼顾工作、朋友和家庭。太在乎他，他反而觉得喘不过气，会想逃。不如松松手，把联系的频率降低些，他会开始紧张，想着联络你。重点是，有时候，你忍不住想要靠得更近，但有些事情反而会看不清楚。

孩子，即便你们再怎么亲密，也一定不要伤害他的自尊，

无论在别人面前还是独处时。

说出去的话，是收不回来的，伤害了就是伤害了，

这与他是否爱你、爱得深浅毫无关系。

————

佚　名

有些禁忌如果你不知道，
结果会是很致命的

　　孩子，爱情其实是有禁忌的，有些禁忌如果你不知道，结果会是很致命的。

　　恋人之间不要经常互相试探，更不要动不动就以分手作为威胁。如果你经常这样做，就会给他形成一种暗示，他的潜意识就会怀疑你们是否真的合适，会做好分手的打算。

　　不要对自己的魅力过分自信，不要因为他喜欢你、肯去迁就你，就无限制地扩张自己的"权利"，不要干涉他的理想、信仰和追求，他的有些特质一定是你所不了解的。

不要相信"你爱我，你就应该知道我想什么"，这是个很傻的逻辑，没有人会完全知道对方心里想什么。如果由于他没有及时了解你的想法，而得出他并不爱你的结论，这基本上是非常草率的。

不要认为女孩子经常迟到是天经地义的事，不要以为他喜欢你就应该有无限的耐心，每个人的耐心都是有限度的，耐心消磨完了，就会开始消磨爱。除非，他爱你是别有用心的。

没有几个男人真正喜欢逛街，即便是给他自己买东西。所以，不必经常叫他陪你逛街，强迫的最终结局就是谁都不会痛快。你们相处的方式可以有很多，逛街的时间就留给闺密知己吧。

爱情是个不等式，没有公平不公平可言，所有的付出都是源于心甘情愿。但是，男人在热恋时为你做的事情，不必指望他在以后的生活中一直持续下去，聪明的话，就默默地对此打个折扣吧。不过，世事总是公平的，你在这方面过多承担的，总会在其他方面有所补偿。

不要总是试图去改变他，不要硬逼着他在你的影响下，成为你理想中优秀的男性。理想终究只是理想，如果他真的改变了，可能新的更大的问题就渐渐酝酿出来了，你们之间的距离反而无法弥合。所以，有时候，去适应他比去改变他要来得明智。

有事业心的男人，不可能每时每刻都将精力放在女人身上，他也不可能随时都能准确注意到你的每次暗示和不快。所以，不要在他的这些粗线条的表现中吹毛求疵，寻找他不爱你的证据，那其实说明不了什么。毕竟，当你用放大镜来寻找灰尘的时候，总会看见灰尘。

你要相信他，不要把他和别的男人比较，不要说他不如别人浪漫，不如别人体贴。每个人都是特殊的，爱的方式也不同，经常这样说，会使爱成为一种心理负担。

即便你们再怎么亲密，也一定不要伤害他的自尊，无论在别人面前还是独处时。说出去的话，是收不回来的，伤害了就是伤害了，这与他是否爱你、爱得深浅毫无关系。

永远在他面前保持一点神秘感，不要将自己的一切都百分之百地透露给他。一个人，如果吃得太饱是会厌食的，而不会感激。

爱情是一个磁场，而不是一根绳子，捆住他，不如吸引他。一根绳子会让男人有挣脱的欲望，而一个磁场却能给男人一种无形的吸引。

孩子，爱情不是童话故事，
也不是任你编排的话剧，你想如何就如何。
要明白，有一种感情叫无缘，有一种放弃叫成全。

————

佚　　名

你不是爱情的编剧

孩子，别苦苦指望找到一个完完全全适合你的人，没有人是专为你而生的。爱情更多的是，当你知道了他并不是你所崇拜的人，而且明白他还存在着种种缺点，却仍然选择了他，并不因为他的缺点而抛弃他的全部，否定他的全部。

不要轻易就许下一辈子的承诺。一辈子，对任何人来说都是不小的压力和冒险。真爱他，就珍惜在一起的每一天。爱情不是童话故事，也不是任你编排的话剧，你想如何就如何。

不要因为害怕他离开，而放弃原则地去体谅、妥协。体谅是因为爱，而不是因为恐惧，让你为离开而恐惧的人，算不上爱人，就算付出再多，要离开的人，终究还是会离开。爱是努力，而非逃避，不是逃避着给彼此幸福的责任，而是努力地实现让彼此幸福的义务。

太爱一个人，常常会不由自主地被牵着鼻子走。所以，无论你有多爱一个人，也不要像一支蜡烛，奋不顾身地燃烧，只为求得一时的光与热。待蜡烛燃尽，你什么都没有了。

太爱一个人，他会习惯你对他的好，而忘了自己也应该付出，忘了你也一样需要得到同等的回报——他会完全被你宠坏。

不要以为你爱对方十分，他也会爱你十分，爱是不讲道理的，所以很多时候，爱也是不平等的。不要爱一个人爱得浑然忘却自我。那样全身心的爱只应出现在小说里，这个社会越来越不欢迎不顾一切的爱。

给他呼吸的空间，也给自己留个余地。飞蛾扑火的爱情，正在进行时固然让人觉得壮美，但若成为过去式时，你该如何收拾那一地的狼藉？投入那么多，你能否面对那惨重的损失？所以，爱一个人不要爱到十分，八分已经足够了。剩下的两分，用来爱自己。

许多事情，总是在经历过后才懂得，一如感情，只有痛过了，才懂得如何保护自己；只有傻过了，才懂得如何适时地坚持与放弃，在得到与失去中慢慢地认识自己。

其实，生活并不需要这么些无谓的执着，学会放弃，生活就真的容易了。要明白，有一种感情叫无缘，有一种放弃叫成全。

永远不要因为你受过伤害，就去否定爱情。要相信这个世界上还会有真爱，还有值得你认真、负责地对待的爱人。

孩子，生活和爱情都不是童话，
有时候，要放下心中曾经的那个人，
敞开你的心，去面向整个世界，去接受可能的幸福。

————
佚　名

放下该放下的人，退出没结局的剧

一个为生活所苦的人找到一个和尚倾诉他的心事。他说："我放不下一些事，放不下一些人。"和尚说："没有什么东西是放不下的。"他说："这些事和人我就偏偏放不下。"

和尚让他拿着一个茶杯，然后就往里面倒热水，一直倒到水溢出来，那个人被烫到马上松开了手。和尚说："这个世界上，没有什么事是放不下的，痛了，你自然就会放下。"

孩子，你可能觉得难过，因为无论你对他怎么好他都不领情，他不是看不到，只是装作看不到，或者他根本不想看到。

你觉得自己很喜欢他，甚至觉得再没有一个人可以像你那么喜欢他，你用尽全力对他好，把他看得比自己还重要，有什么事情第一个就想到他，联系不到他的时候，你担心他担心得快疯了。

然而，你有没有想过，这并不在你的责任范围，而且很有可能他是在躲着你，他受不了你对他那么好。

不要一直发短信给他，不要一直找他。你也许只是想找他说说话，你觉得那很正常，不算苛求，但是也许他并不这么想，记住，你的想法不代表他的想法，而你是真的不求回报地在喜欢他吗？你扪心自问一下，你确定不用他回报什么吗？若是真的一无所求，你又怎么会觉得难过呢？

所以，别觉得你那么爱他是伟大的，也许他根本不在乎你怎么为他付出，有时候，你给他的爱或许是种负担。这种负担只会让他更加想远离你，因为他不想亏欠你。

别事事为他担心，为他张罗，你觉得他没有你不行，你觉得别人做不到你那么完美，但是，你要清楚，你不是他要的那个人，你做得再完美，也敌不过人家不做，那个位置本来就不是你的，你何必硬要挤上去呢？

　　你说道理你都懂，只是你做不好，喜欢他不是你的错，想关心他不是你的错，控制不住自己不是你的错。但那是你的方式，人家不一定就能接受你这种所谓无私的爱。放不下的时候，多想想对方是怎么放下你的。放下该放下的人，退出没结局的剧。

　　所以，如果你喜欢他，他不喜欢你，那么就请你默默地，别试图让他知道，就算你会难过甚至难过得流泪，就请你默默地，就算是逼自己也好，一定要忍着。

　　傻孩子，生活和爱情都不是童话，放下纠结，接纳一个生活中的人，要比思念一个只活在印象中的人简单和幸福得多！

　　放下心中曾经的那个人，敞开你的心，去面向整个世界，去接受可能的幸福，去发现这个世界的美丽，去珍惜你生命里应当存在的人，去守护你生命里出现的那些轨迹。要知道回过头，去看看默默走在你身后的人。

写给努力

你的坚持，终将美好

第一眼就看上的衣服往往你买不起，

第一眼就心动的人往往他不会喜欢你。

你真正喜欢想要的，

没有一样，是可以轻易得到的。这就是努力的理由。

有时候，坚持你最不想干的事情之后，

才能得到你最想要的东西。

孩子，许多人总说眼前的生活"苟且"，

无非是讨厌当下的自己。

其实，现实难免单调和充满压力，

但嫌弃生活的枯燥却止步不前，

"诗和远方"便永远是个空想。

————

佚　　名

为了诗和远方，你不知道别人有多拼

孩子，你该长大也该懂事了。不要总沉浸在诗和远方的梦里，此时此刻，为了诗和远方，你不知道别人有多拼。

请你看看你从小在这里长大的房子，装修风格早就过时，家具也是几年前的式样，电器偶尔脾气不好会罢工。你的父母都是普通的工薪阶层，他们没有丰厚的家产，也不能为你铺一条康庄大道。

请你站到镜子前仔细地端详端详自己，你没有倾国之貌，也没有丑得惊为天人，放到人群里一抓一大把。请你再仔细想想自己在学校里的表现，毫不起眼，学习不好不坏，不能唱不会跳，没有强大的交际本事，甚至还有点儿陌生人恐惧症。

所以，孩子，没有倾国倾城的美貌，没有惹火的身材，没有富裕的家世，没有让人叹服的才情，你凭什么不奋斗？

请你放弃你日后只是嫁人，然后相夫教子偏安一方的所谓梦想；请你合上一堆无聊的人胡编乱造却让你唏嘘不已的小说；请你关掉只是用来上网看碟的电脑，请你扯掉你塞在耳朵里听歌的耳机。请你赶紧地、麻溜地去奋斗。

你要知道，那些闪瞎你眼的人，可能在你睡眼蒙眬的时候就翻掉了半本专业书；可能在你玩手机、看小说浪费掉的课堂上，记下了一页你根本看不懂的笔记；可能在你玩电脑看电影的时候就做完了一套题；可能在你准备睡觉的时候，冲了一杯浓咖啡开始背单词。

孩子，请你像个男人一样去奋斗。男人不会因为你有多爱他就同样地爱你。同样地，这个世界并不会因为你有多惨就对你仁慈，生活也不会因为你踩了八厘米的高跟鞋就对你降低要求，更不会因为你是孩子就对你笑脸相待。

许多人总说眼前的生活"苟且"，无非是讨厌当下的自己。其实，现实难免单调和充满压力，但嫌弃生活的枯燥却止步不前，"诗和远方"便永远是个空想。

你早就过了幻想的年纪，只有十五六岁的小孩儿，才会幻想着终有一天会有一个王子，在周围人羡慕的眼神中带你离开，前往他的国家，从此过着公主一样的生活。那些拥有美好爱情让你羡慕嫉妒恨的人，不是她们运气好，也不是她们终于等来了，或者找到了你所谓的对的人，而是她们足够优秀。她们有足够的理由让身边的人喜爱。

孩子，请你摆正你四十五度角仰望天空的脸，闭上抱怨的嘴，收起一钱不值的眼泪，收起你放错位置的心，像个男人一样去奋斗。终有一天，你爱的人，他会有很多理由来爱你。

这些话再怎么不煽情，却总是直白地陈述了事实。我不知道十年后你想起我对你说的这些，是嗤笑，是掉泪，抑或是感激，只是希望你现在能够从不切实际的梦中，早些醒悟过来。不妨尝试着把普通的事情做到极致，或许有一天，你会惊讶地发现，曾经以为难以忍受的"苟且"，会赫然变成梦中的远方田野！

孩子，人与人相比，只有境遇不同。

成功者，也都不是三头六臂。

很多时候，我们不是欠缺成功的筹码，而是欠缺自信。

————

佚　　名

人生的高度是自信撑起来的

孩子，你跟我说过好多次，说你感觉到那些成功的大人物他们身上都自带光芒，以后也要成为那样出色的人。面对有如此志向的你，我欣慰异常。那么让我们分析那些自带光芒的人，他们是怎样努力，才具有如此自信而强大的气场。

把时间分给靠谱的人和事。

经常把周围的人过滤一遍，缩小朋友圈，把时间留给真正关心你的人、感情真诚的人、做事实在的人、能对你有所教益的人。

尽量减少与心态扭曲的人接触。你的时间那么宝贵，所以多跟生命有关的人耗着，少与生命无关的事纠缠。

读书，不是只为了拿文凭或发财。

不是大学决定你的未来，而是不管在什么样的大学、什么样的环境，你都知道你要成为哪种人。

好好读书吧，它会让你成为一个有温度、懂情趣、会思考的人；也会让你明白，这世界上有很多优秀的人，你会开始有向他们靠近的动力。

热爱你的工作，它会让你更值钱。

尽管它绝没有喝茶、聊天儿那样惬意，但它检验着你的智慧和能力，体现着你的价值和成就。

一定要全心地热爱你的工作，积极投身其中，它让你大半生有事做、有饭吃，也会让你更值钱。

不要总认为自己比别人做得好。

即便你很出色，也不要认为自己在每件事上都能比别人做得更好。做事的方法有多种，没有完美的途径，条条大路通罗马，遇到困难不妨试试别人的建议。

　　谦虚一些，人们的眼睛是雪亮的。如果一味争功、好强、骄傲，势必受到攻击，不值！

　　无论走到生命哪一个阶段，都该喜欢那一段时光。把所有的不快留给昨天，把所有的希望留给明天，把所有的努力留给今天；人生似水，有容乃大。

　　走到生命的哪一个阶段，都该喜欢那一段时光，完成那一阶段该完成的职责。保持微笑，珍惜美好年华。别人拥有的，不必羡慕；只要努力，时间都会给你。

　　与其担心未来，不如现在努力。

　　人生路上，只有奋斗才能给你安全感。不要轻易把梦想寄托在某个人身上，也不要太在乎身旁的耳语，因为未来是你自己的。

　　别忘了答应自己要做的事，别忘记自己想去的远方，不管有多难，有多远。有时候，坚持了你最不想干的事情之后，便可得到你最想要的东西。

　　自然的美，才是最美的衣服。

　　有些人认为自己胖、自己丑，于是拼命地节食减肥、做手术整容。你的大部分时间与其浪费在这样的情况下，不如去享受运动、享受自然。

如果你的体重不因懒惰而上涨，你的容貌也没因岁月而减少生动，那么你就在某种程度上保住了青春、快乐和健康。

那些折磨你的，都是激励你的动机。

人生不是一篇文摘，只收藏精彩，不接受平淡。人生是一篇连载，内容包罗万象。人生之路不会一帆风顺，我们会遇上顺境，也会遇上逆境。

其实，在所有成功路上折磨你的，背后都隐藏着激励你奋发向上的动机。所以，常抬头看看太阳吧，保持阳光心态，阳光地生活！

人生的高度，是自信撑起来的。

人与人相比，只有境遇不同。成功者，也都不是三头六臂。很多时候，我们不是欠缺成功的筹码，而是欠缺自信。所有的路，只有脚踩上去了才知其远近和曲折。

敢走第一步，并坚持下去就是一种自信和勇气。自信，是人最大的潜能。

孩子，所谓的幸运，都是故事里才有的事。
一饭一菜，银行卡余额，
以及一道漂亮的眉毛和鲜艳欲滴的唇色，
无不是要经过努力的。

——————

所谓的幸运，都是故事里才有的事

孩子，我常听到这样的对话，"你看那人年纪轻轻就能取得这么大的成就，真是幸运！"又如"这件事没做成，都是因为欠点运气"。其实我想说，没有一个人是随随便便就能成为自己想要成为的人的，即使他天资聪颖，家境优渥。相信我们也将再次拥有传说中的幸运，但是我们应该清楚，任何人所得到任何成就的原因都是因为努力拼搏，从不放弃，而不是所谓的幸运。

所谓的幸运，都是故事里才有的事。一饭一菜，银行卡余额，以及一道漂亮的眉毛和鲜艳欲滴的唇色，无不是要经过努力的。

当那些厉害的人站在聚光灯下，他们看起来是如此光鲜。他们的成功看起来如此轻松幸运。然而，他们其实都是从黑暗里爬出来的人。很多人在你看不见的地方努力，只是你不知道罢了。

所以，你看到的每一个尽心尽力活着的人，内心里一定有一股狠劲儿。这种狠劲儿，不是别的，就是无限期地节制欲望，以及无限期地追求更好的生活。

现实是，很多时候，不是世界对你要求太高，而是你自己对自己的要求太低了。而你又在要求低的这种愧疚中，一日一日磨损着自己的精力和热情。

你为这世界付出多少心血，这世界就会为你展示多少光芒。因为深知这个道理，所以才能狠得下心以柔弱肩膀承担整个世界。

记住，越逃避越累，越承担越有力量。

幸运，从来都是强者的谦辞。每个幸运者的背后，都有着与幸运无关的故事。我非常钦佩那些靠努力付出得来成绩，却愿意归功于幸运的人。他们心无怨尤，往往默默地把事给做了，却从不居功自傲。他们没有人定胜天的骄横，对生活永远抱着一种感激的、谦卑的心情。

就算有天生幸运存在，也只有这样的人，当得起此等幸运吧。

有句话说，你只有足够努力，才能看起来毫不费力。而我想说，你只有足够努力，才有机会拥有好运气。

一个人真的不能轻易地妥协或者将就，你以为是妥协一次、将就一回，很可能就妥协、将就了一生。而你退缩得越多，能让你喘息的空间就越有限；你表现得越将就，一些幸福的东西就会离你越远。

有些时候，退一步是海阔天空；但有些时候，退一步可能是万丈深渊。

当你以为降低标准可以更容易地得到自己想要的结果时，你就注定会得不到想要的。请你记住，你所设定的底线决定了你不会失去什么。一旦你失去了底线，你很快就会溃不成军。更严重的后果是，你想要的东西，也会跟着一样样失去。

成人的气场，并不来自严肃的面孔，也并不来自暴烈的情绪，只是来自他的底线。一个底线清晰并且完全知道自己想要什么的人，才是真正拥有强大内心的人。

悄悄毁掉你的，是你的偷懒，是你的侥幸，是你的投机取巧，是你的退而求其次！

在成长的过程中，每个人都背负着属于自己的十字架。它也许是你的学习，也许是你的工作，也许是你的感情。但是，正是这些沉重的东西，构成了你在这个世界上存在的理由和价值，是你日后独自面对困境、挫折、痛苦的工具。

孩子，人生是没有捷径的，也不要天真地寄希望于所谓的幸运，漫漫人生路，希望你过得尽兴，而不是活得庆幸。

孩子，很多人一直以为自己与他人拼的是吃苦，是天赋，

什么刻苦奋斗，什么拼命学霸，

其实拼的只是一点点认真，一点点细节，一点点本分，连勤奋都谈不上。

————

大部分人努力程度之低，
甚至无须天赋上场

孩子，最近我在思考一个问题：什么造成了人与人之间的差异？我看过格拉维尔的《异数》，对其中的一段话印象深刻：

"人们眼中的天才之所以卓越非凡，并非天资超人一等，而是付出了持续不断的努力。10000小时的锤炼是任何人从平凡变成超凡的必要条件。"

这就是著名的10000小时定律，如果要成为某一领域的专家，则至少需要10000小时的积累，如果你要在自己的工作领域达成这一成就，一天工作8小时，一周工作5天，则大概需要5年时间。比如盖茨、比如莫扎特、比如达·芬奇，崭露头角的时候差不多刚

好是有10000个小时的积累。

格拉维尔认为，他们之所以成为佼佼者，所谓"天才"的成分并没有你想象中的那么大，换句俗话就是，以大部分人的努力程度之低，甚至轮不到天赋上场。

这10000个小时的积累，需要的是刻意的训练。刻意训练10000个小时，不仅是指效率上的纯时间，更与简单的重复行为有着本质区别。刻意训练，要求你的每次练习都必须处在技能的边界，走出自己的舒适圈，让每次的训练和重复都变得更有意义。

很多人一直以为自己与他人拼的是吃苦，是天赋，什么刻苦奋斗，什么拼命学霸，其实拼的只是一点点认真，一点点细节，一点点本分，连勤奋都谈不上。在你的周围，懒汉实在太多，你只要做到基本的勤劳，就可以致富了；在你的世界里，大多数人都是盲人，你只要有一只眼睛，就有资格称王了。

所谓，上士闻道，勤而行之；中士闻道，若存若亡；下士闻道，大笑之。如果找到了自己的梦想，那就赶紧去做；如果没找到自己的梦想，那就赶紧去找。

孩子，前进的路上，难免有想畏缩的时候，
在困境中，你当然可以歇歇脚，加加油，
但蓄满了能量，就该要继续前行。

————————

佚　名

即使你觉得人生艰难，
也别做那个装睡的人

　　孩子，装睡是可怕的，可怕就可怕在一个"装"字：明明认得清形势，知道自己的使命，但就是不行动，神仙也拿他没办法。因为，谁也无法叫醒一个装睡的人。

　　前进的路上，难免有想畏缩的时候，在困境中，你当然可以歇歇脚，加加油，但蓄满了能量，就该要继续前行。可还是会有一些人，歇一下就再也不想起来，虽然他们明白要想到达目的地，就只能一直向前走。但是，他们贪恋歇脚时的安逸，而不愿意在奋斗的路上快马加鞭。

他们有双手双脚，有体力，怎样向过路的人解释自己的行为呢？索性就闭上眼睛——装睡。任凭号角如何嘹亮，任凭身边的人如何激励，也任凭对手的战鼓如何高亢，他就在那儿"睡"着。

孩子，千万别把装睡的人混同于大智若愚。大智若愚者的"愚"是假象，"大智"才是真，他们的目的在于无声地超越对手，最后一鸣惊人。而装睡的人的目的在于"逃"，逃避残酷的现实，逃避奋斗的使命，逃避社会的责任。他们不仅"睡"，而且"梦"，妄想天上掉下馅饼，正好掉到枕边，于是他们"睡"得心安理得。

世间看淡名利的人是可敬的，但装睡的人是不在其中的。他们可能会美其名曰"非不能也，不屑为也"，如果真是如此，那就和吃不着葡萄说葡萄酸没有什么两样了。

装睡的人最怕醒来，当他们为自己编织的梦境不能再维系时，他们不得不睁开眼睛。此时，他会比任何时候都更想睡去，因为现实世界已大不相同，更无法和梦中的情形相比，他无法适应。

装睡的后果是可悲的。奋斗从来就是件累人的事，你可以休息，可以充电，但千万别装睡。你能装睡，可现实不会装睡，哪天当你装不下去了，醒来后不仅物是人非，而且人梦两空，才悔之晚矣。

孩子，二十岁的你，手里拥有什么？
青春？终究会成为回忆；阅历？太浅薄了；
美貌？也许换来的更多的是虚伪的感情与利益；
时间？这样想的人，差不多都在挥霍时间。

————

佚　　名

二十岁的你，手里拥有什么

孩子，二十岁是人一生中的一大节点，以下的这些话，说给即将进入二十岁的你。

二十岁的你，手里拥有什么？青春？终究会成为回忆；阅历？太浅薄了；美貌？也许换来的更多的是虚伪的感情与利益；时间？这样想的人差不多都在挥霍时间；爱情？那也许只是一场青涩无果的游戏。

二十岁了，是时候收起你的幼稚，脱去你的天真，放下你的清高，大踏步地走出花季了。更是时候明白，也该相信，成功不会因为运气，而要靠脚踏实地的努力。

二十岁，是一个美好却又短暂的年龄。从此以后的几年时间，会是你生命中，精力最充沛、心灵最美好的季节，不要把它浪费在赚人眼泪的偶像剧中，你永远不会成为其中的主角，不要梦想着一见钟情地遇到你的白马王子，这样的可能性，比地球明天就灭亡的可能性还小。

所以，有时间就把眼睛从电脑上挪开点，背起行囊出去走走吧。你看到的一切绝对和你以后在公司集体旅游中看到的不一样。看看外面的世界，别只是装到相册中，要装进心里。

二十岁，一个简单却又复杂的年龄。不要过多地纠缠于过去的事，记住，真正的忘记不需要刻意。无论是多么难以忘记的感情，不属于你了就不要使劲去强扭回来。要知道，咖啡的苦与甜，不在于你怎么搅拌，而在于你是否放糖；一段过去，不在于怎么忘记，而在于是否有勇气重新开始。

二十岁，一个长大却没成熟的年龄。这个时间，除了父母，已经没人会认为你还只是一个孩子，没人有义务迁就你所犯的错误。所以，你要学会承担一切，因为无论是谁，在人生中都无须找任何借口。失败了也罢，做错了也罢，再妙的借口对于事情本身也没有丝毫的用处。许多人生中的失败，就是因为那些一直麻醉着他的借口。你会发现，承担比一味地逃避强得多。

二十岁，一个充满理想却富于幻想的年龄，但成功总是在经历了比别人更多的努力、付出、毅力、痛苦与艰辛后得到的，不是能幻想出来的。即使真有天上掉馅饼的事，也不会砸到整天幻想的人。

二十岁，已经是一个与爱情、浪漫有关的年龄了。所以，孩子，我希望你开始享受爱情，但要在爱情之外，找到能使你双脚坚强地站立在这个大地上的东西。

孩子，人生最令人懊悔的，是在峰顶在望之时放弃，
是在爱情快来的时刻消失，是在花朵绽放之前离开，
是在理想即将实现之际叛逃，是在温暖传来时萎靡。
————————

迷茫的时候，最怕没主见的人

孩子，你是不是常听到周围人说，怎么办，我现在的生活一片混乱。你是不是也常常说这样的话。

这样的话长辈们在年轻的时候也曾经抱怨过。年少时理想与现实的差距大得像爸爸的鞋子，勉强穿上还没开始行走就摔得仰面朝天。

其实，迷茫与彷徨是一种觉醒的契机。当你感觉迷茫时，这时你已经跨出了改变的第一步。当你抱怨生活混乱，工作混乱，一片迷茫混乱的时候，可能就是机遇出现的时候。所有的秩序重

整都是从一开始的无序、混乱中开始的，要不然哪有那句话"乱世出英雄"呢?

迷茫的时候，最怕没主见的人，不能坚持自己，反而老是跟随大众，这样的话你又回到了起点，陷入了死循环。

在每一个自我的小世界中，我们感觉迷茫的时刻，我们都要分外珍惜，那是我们自己重新洗牌的机会。

迷茫的时候千万别放弃，千万别气馁，这也许是你自己重新选择人生方向的重要时刻，是你给自己建立新秩序的关键节点。你不再一味地变成职场老油条，相反，你开始重新审视自己了，你想要给自己建立新的秩序，想要重新开始新的生活。

所以，停止抱怨，收起戾气，不要再像一个失败者那样无休止地抱怨生活。

你就是你自己世界里的国王，请尽情享受那些生活混乱、工作混乱、感情混乱的时刻，洗牌重米，给自己建立一个整装待发的新秩序。

因为，在那些人生赢家的眼里，混乱有一个同义词吧，它叫作机会。

渐渐地，你会发现你进步了，你在迷茫中一点点前进，几乎能看到迷宫前面的曙光。

很多事的发生需要一个触发点，就像玩游戏，当经验累积够了才能有更精良的装备打下一关。没有人天生就目标唯一方向明确，经历过才知道你真正需要的是什么。我也曾彷徨失措，但幸好茫然感像雷阵雨当初的电光石火最终都在我的生命中销声匿迹。

而后，千万不要把世故当成熟，把麻木当深沉，把怯懦当稳健，把油滑当智慧，如果是，那只能说这个社会的底线已被击穿，因为任何人都没有资格说你的勇敢是莽撞，执着是偏激，求真是无知，激情是幼稚。

成功与不成功有时距离很近，只要你再向前迈几步。人生最令人懊悔的，是在峰顶在望之时放弃，是在爱情快来的时刻消失，是在花朵绽放之前离开，是在理想即将实现之际叛逃，是在温暖传来时萎靡。

你意识到了吗，能让人走出迷茫的答案从来都不会不请自来，而生活也没有那么多的无可奈何。

正如富兰克林那句最著名的话所说：我未曾见过一个早起、勤奋、谨慎、诚实的人抱怨命运不好，良好的品格，优良的习惯，坚强的意志，是不会被假设所谓的命运打败的。

人生的舞台，随时都有可能拉开新的序幕，关键是你愿意表演，还是选择躲避。

孩子，永远不要拿青春当筹码。
青春是生活恩赐的一个礼物，
是用来珍惜、用来品味的，
而不是用来赌博的筹码。

——————

青春不该是犯傻的资本

孩子，永远不要拿青春当筹码。青春是生活恩赐的一个礼物，是用来珍惜、用来品味的，而不是用来赌博的筹码。不要认为自己青春无敌，就随心所欲。

时间以无情为第一，它才不会在乎你是否愿意，只要你稍一耽搁、稍一犹豫、稍一偷懒，它就马上帮你决定故事的结局。

它会把你欠下的"对不起"变成"还不起"，又会把很多很多的"还不起"，变成整个人生的"来不及"。

有的人，一辈子只做两件事：不服、争取，所以越来越好；

也有人，一辈子只做两件事：等待、后悔，所以越混越差。

平时总是爱一口一个"反正以后的日子还多"，然而，当下有些机会你一旦抓不住就永远都错过了。

孩子，来日其实并不方长，那些你以为永远来得及的事情，就在你一次一次的"没关系""等一等"里，再也回不来了，到了最后，你能做的也许只是一声叹息。

其实回头想想，没有去过自习教室，没进过几次图书馆，没加过几次班，没见过7点以前清晨的样子，结果当然就是什么都得不到。

所有偷过的懒，都会变成打脸的巴掌。时间和生活的神奇之处就在于，你沿途所为之付出的辛苦，都会在前方的某一个节点为你绽放为辉煌，而那些苦只要少吃一个，都无法抵达你想要的明天。

所以，亲爱的别再急着说自己好累，更不要急着替自己辩解，你该多想想，为了这矜贵的青春，自己实打实地为它做了什么？

实际上，这个世界上根本没有"浪费时间"这回事，你唯能浪费的，不过是你自己。

　　孩子，你还要注意，当你年轻时你会发现，有的人，也许事事都能说到你心坎里去，越是这样的人，你越要小心。因为这种人很可能已经把如何说话当成思维的全部了，所以，他们才会说什么都天花乱坠。正因为这样，他们也只会耍嘴皮子，常常做不出什么实际的事来。对这种人，最好敬而远之。

　　缥缈的浪漫会让爱情同样缥缈。浪漫并没错，浪漫是一种美丽的情怀，但真爱并不完完全全只是浪漫，真爱讲求两个人相濡以沫，而不仅仅是空中花园、海市蜃楼。这些缥缈的浪漫固然美丽，但始终也难以长久。所以，不要因为一点点浪漫就被感动。

　　不要突然从书上或者讲座上明白了一两个貌似很深刻的道理，就认为自己已经很成熟了。要知道，这本身就是很不成熟的表现。

　　真正成熟的人，首先是有自己独立思维的人，自己能够冷静地分析别人的话，分析问题，分析社会，而不会轻易地为别人的一两句话所鼓动。即便是很多名人说过的话，境迁时移，也该仔细地分析分析了。

　　一个人没有他自己的思想，永远也成熟不了。

孩子，只要你肯走，就永远不会有绝路，
真正能让我们绝望的，只有自己的心。

————

佚　名

没有最好的路，只有最适合的路

孩子，人一辈子都在赶路，有的人在奋力地奔跑，有的人在不紧不慢地踱着方步，也有的人站在原地茫然四顾，不知自己从何处来，又该往何处去，还有的人则干脆坐在地上，赶路对于他们不是人生的目的，而是旅行的一种方式。

用心去选择将要走的路。人生只有方向，而没有一成不变的路。沿着这个方向，中间要经过许多不同的路，有半坦大道，也有羊肠小路，有的曲折，有的泥泞，甚至还有陷阱，有深渊。也许走到最后，也未必能实现心中的理想，但也不能因此坐着等。只要你肯走，就永远不会有绝路，真正能让我们绝望的，只有自己的心。

人们总喜欢四处寻找出路，其实很多时候，路就在我们的脚下，只是我们总喜欢将目光望向远处，不愿低下自己高贵的头颅。只要是路，就会有人去走。有的人在这条路上取得了成功，但不等于其他人不会遭遇失败。所以，结果如何，全看我们如何去走。

孩子，人生之路不是用眼睛来看的，它需要用心去感受。眼睛可以欺骗我们，也可以被一片小小的树叶遮住，心却永远不会。一个人的视线有距离限制，也受天气和周围环境的影响，而心的视线却可以是无限远。心有多宽，路就有多远。

人都知道车到山前必有路，船到桥头自然直的道理，也相信山重水复疑无路，柳暗花明又一村的哲理。但当问题出来后，却沉浸在烦恼之中不能自拔。

没有人走的路就是新路，实际上它也许存在了很多年；而走的人多了，再新的路也会很快成为一条旧路。所以，路无所谓新旧，也无所谓好坏，全在于自己的需要和选择。

最多人走的未必就是一条好路，很少人甚至没有人去走的也并非就是很差的路。到底应该走哪条路，又或者哪条路更适合自己，谁也不会预先知道。人生，对于我们来说，没有最好的路，只有最适合的路。即使再好的路，如果没有那个能力，迟早也会被别人远远地甩在身后。

在人生的道路上，有很多的岔路，选择极为重要，人生的关键之处也就在选择之中。路是人走出来的，所谓的新路只是对于我们个人而言，而对于其他人，也许就是一条曾经走过的旧路。任何尝试走出一条自己的路来的做法，都是在前人的脚印上做的一种选择。对于绝大多数人来说，路是选择出来的。

不同的路，沿途有着不同的风景，最终到达的目标自然也就不同。正因为如此，人在面临选择时，最难下的就是决心，这往往需要一定的勇气。人生就是勇气、选择、能力和勤奋的综合，而选择决定我们的命运。只有在拥有了勇气，加上正确的选择，而本身又具有一定能力的情况下，勤奋才会起作用。

用心去选择将要走的路，用心去走所选择的路，对于人生是至关重要的。你可以什么都不相信，但一定要相信自己的心，它只属于你自己。

孩子，那些比你走得远的人，
未必比你聪慧，
而是每天多做了一点儿。

————

佚　名

每天早上叫醒你的不只是闹钟，还有梦想

孩子，如果你不喜欢现在的工作，要么辞职不干，要么就闭嘴不言。初出茅庐，最容易犯的错误就是眼高手低，心高气傲，大事做不了，小事不愿做。永远不要养成挑三拣四的习惯，雨天烦打伞，不带伞又怕淋雨。记住，不做则已，要做就要做好。

人不能自卑，把自己看得太低，什么事都做不成；人不能自傲，把自己看得太高，最后没有人能看得起你。人最重要的是别太关注别人的眼光，不断和自己比，和自己较劲，让自己成熟和进步，得到自己的天地。在别人眼中沽自己，永远是别人眼光的

附庸，在自己眼中活自己，就是自己的主人。

生活给予了每个人相同的财富——二十四小时光阴，然而，人与人之间的差别就在于是否珍惜。你若不努力珍惜时光，时光第一个就会辜负你。别人拥有的不必羡慕，只要努力你也会有；你拥有的不必炫耀，别人也在奋斗，也会拥有。那些比你走得远的人，未必比你聪慧，而是每天多做了一点儿。

压力不是有人比你努力，而是比你更牛的人依然比你努力。即使看不到未来，即使看不到希望，也依然相信：自己错不了，自己选的人错不了，自己选的人生错不了。每天早上叫醒你的不只是闹钟，还有梦想。

电话不是花瓶，不应仅仅作为一种摆设，如果它老是不响，你就应该打出去。交了新朋友，别忘了老朋友。很多时候，电话那头会给你带来意想不到的回应。好人缘、好口碑的一大诀窍就是主动。

不要拿"成事在天"当借口，更不要寄希望于守株待兔的好机会。机会只不过是相对于充分准备而又善于创造机会的人而言的。机会也从不会失掉，你失掉了，自有别人会得到。没有机会，就要创造机会，有了机会，就要巧妙地抓住。

　　管住自己的嘴巴。记住，"言多必失"这四个字值得你品味一辈子。下班后你可以偶尔和同事出去，一起喝酒聊天，但一定记得，不要大谈自己，更不要妄议别人。高谈阔论往往使你陷入鸡毛蒜皮的是非口舌之中，纠缠不清。

　　一个真正有深度的人，往往谦逊，不会逢人就教；一个真正有德行的人，往往慧心，不会逢人就表；一个真正有智慧的人，往往圆融，不会显山露水；一个真正有品位的人，往往自然，不会矫揉造作；一个真正有修为的人，往往安静，不会争先恐后。

　　人的一辈子，有些事是出乎意料的，有些事是情理之中的，有些事是难以控制的，有些事是不尽如人意的，有些事是不合逻辑的，有些事是恍然大悟的。但无论发生什么事，都别忘了自己的本心、自己的性格，还有自己的原则。

孩子，凡事都不会在决定放弃努力之前真正结束。

在你放弃了的地方，你是不可能取得任何成就的。

———

佚　名

不要在你还可以付出的时候选择放弃

孩子，你要记得。

即使身后有个依靠，你的路，也还是需要你一步一步自己走，不会有人背你走下去。

钱不是生活的万能钥匙。事业有成的男人，绝对不会娶一个认为钱可以解决一切事情的女人。

人不会苦一辈子，但偶尔会苦一阵子。如果你选择逃避苦一阵子的话，你到最后很有可能会苦一辈子。

孩子，你要记得。

有些人，看似简单无心计，实则内里杂念丛生，用笨拙可笑的想象力把你弄脏。而另外一些人，貌似荆棘密布，却枝干离离，清晰直白，思维复杂，心性单纯。两者相比，我当然更希望你和后者交往。

人，要生活得漂亮，总需要付出极大的忍耐，一不抱怨，二还是不抱怨。有的人，一辈子只做两件事——不服、争取；也有的人，一辈子也只做两件事——等待、后悔。所以，有的人越过越好，有的人越混越差。梦想谁都有，但有的人的梦想能够实现，有的人的梦想永远都只是梦想。

孩子，你要记得。

成功者也不是三头六臂之人，很多时候，失败的人不是欠缺成功的筹码，而是欠缺自信。所有的路，只有脚踩上去了才知远近和曲折。敢走第一步并且坚持就是自信。认为自己不行，你就真的永远不行了。

永远不要在你还可以付出的时候选择放弃。凡事都不会在决定放弃努力之前真正结束。如果你有99％想要成功的欲望，却有1％想要放弃的念头，你就可能与成功无缘。在你放弃了的地方，你是不可能取得任何成就的。

写给逆境

晴天虽然很美好，
但暴雨过后天会更蓝

就算生活不往我们手里塞糖果，

给了我们一手烂牌，也并不能阻挡我们对未来的向往。

你要虎虎生风地往下走，相信你一定能看到不一样的天地。

不管发生了什么，都可以确定：

你没有自己想象的糟糕，别人也没你想象的完美。

生命中的每一个瞬间，都可以成为改变的开始。

孩子，年轻时的你，心脏都是比较小的，
一点苦难放进去，都显得大。
长大后的你，心脏就会变大了，
即使再大的悲伤装进去，
也照样可以冷静地处理，平静地遗忘。

———

每逢一片漆黑的时候，就当是睡前关了灯

孩子，生活总是这样，你以为失去的，可能在来的路上；你以为拥有的，可能在去的途中。

不管发生什么，都不要放弃，坚持走下去，肯定会有意想不到的风景。

你要相信，幸福不会遗漏任何一个人，迟早有一天它也可以找到你。

花开花落，那是起伏的人生；波峰波谷，那是燃烧的生命；顺风逆风，那是岁月的感悟；春去春回，那是别致的风景。

做不成太阳，就做最亮的星星；成不了大路，就做最美的小径；成不了明星，就做平凡的大多数。

年轻时的你，心脏都是比较小的，一点苦难放进去，都显得大。长大后的你，心脏就会变大了，即使再大的悲伤装进去，也照样可以冷静地处理，平静地遗忘。

如果有一天，让你愤怒的再也激怒不了你，让你悲伤的再也不能让你流泪，你便知道这时光、这生活给了你什么。

一个人的成熟不在于年龄的增长，而在于心态的成熟；心态的成熟不是遇到的事情多了，而是对待事情的态度变得积极了。

在成长的过程中，痛苦、失望是难免的，但只要你用好意去理解命运的种种安排，你就会明白，痛苦从来不是财富，对痛苦的思考才能成为财富；磨难从来不会让人成长，对磨难的担当才会让人成长；远行从来不是救赎，成熟的心懂得自我治愈，也根本不需要谁来救赎。

我们都要记得别人对自己的好，哪怕一点点的好，也要放在心里，当成一种感恩和一种铭记。而这种好，不是理所应当，而是出于一种善意与爱意，即使这种好包含着不纯粹的利益成分，彼此心知肚明。把私心收起。虽然有时候付出和收获的不是正比，但是要坚信自己做人的根本目的。

人活在群体中，看看别人的错，再想想自己的过；看看他人的非，再体谅他人的难。

人心越淡，伤害就越少；心有多宽，快乐就有多少。

能干扰你的，往往是自己的太在意；能伤害你的，往往是自己的想不开。所以，你既要对这个世界充满善意的理解，也要对自己心怀善意。

一个好看的人，因为外表整洁，一定是有良好的卫生习惯；因为服饰自然和谐，一定是有正确的审美观；因为表达观点简洁明快，一定是读过适量的书；而直视对方，微笑，适当的倾听，也可以看出来他对待事物积极、客观的态度，并且心怀善意。

人生有时很长，有时又很短。明天似乎无穷无尽，可是又总有一些时候，明天戛然而止，再也不会到来。所以，在一切还来得及的时候，对爱着你帮过你的人真诚地说一声感谢，不要吝于表达善意。给你爱的人想念的人一个热烈的拥抱或问候，不要羞于表达你的感情。

在一切还来得及的时候。

孩子，人生总要经历很多糟糕、艰辛和酸楚，
但人生不可能永远一蹶不振。
这世间的苦，熬过了，就成为自己宝贵的财富。

———

沈 善 书

能破茧成蝶，才算熬得值得

年轻的时候，人都像是一只背着厚厚的、重重的壳，并且特立独行的蜗牛，壳子里装着梦想，装着希望。尽管有时候，背上的包袱会很重，甚至觉得是一种负担，尽管会爬行得很慢，但如果你熬不下去，丢弃了它，虽然轻松了，可是，没有了梦想，人生也就没有任何意义，也没有了任何生机和盼头。

生活中的煎熬，都是为了磨炼你成为更优秀的人。人人都会遇见需要"熬"的过程，但这种熬，不该是坐以待毙。熬是磨炼心性，熬是蓄势待发，熬是不动声色默默努力，等待着熬出头时的一鸣惊人。有时候，你会觉得熬不过去了，无法坚持了。可时

过境迁、柳暗花明后再来回头看看，一切都过去了。

在这个世界上，永远都不会是你一个人在熬，几乎每一个成功的人，都是慢慢地才熬出一段繁花似锦的未来。很多时候，人和人之间的差距，就在于那种能在最难的时光里熬过来的坚持。

熬是出发与成功的中间点，这就好比茶需要慢慢泡才有味，酒要慢慢酿才香醇，生米要慢慢煮才会变熟，而这些过程，体现的都是一个"熬"字。"熬"的过程，也是一种修行的过程，修内心的宁静，修处世的淡定。有磨炼，才体现出成功的弥足珍贵。熬的不是岁月，熬的是心态。

也许努力了不一定会取得成功，但是不努力，你连成功的机会都没有。记住，属于你的老天总会给你，迟迟未给，是因为现在的你还配不上。所以，要让自己变得优秀，变得强大，你才有机会"熬出头"。

这个世界是公平的。你不想做别人眼中平庸、一无是处的人，就只有努力。你想成为人上人，就要付出成为人上人的努力。当你抱怨不公平的时候，是否曾扪心自问，自己付出多少？成功就像果实一样，你只有辛苦付出再耐心等待，最后才会得到丰收的果实。

世界那么大，人那么多，很多人都与你一样要慢慢熬。在熬的过程中，难免会流泪、喊痛，不必强颜欢笑地说"我不痛"。痛就是痛，痛了之后，要有能把痛转换成努力的动力，要痛得值得，不白白地流泪，这才叫牛，才叫活得坚强，活得漂亮，活得百毒不侵。

你现在二十岁刚出头，风华正茂的年纪，若只是慢慢地等"熬出头"，而不是学会在"熬"的过程中努力，慢慢学会变通，那么，这样才更可怕。

很多时候，人会在"糟糕"的负能量情绪中萎靡不振，是因为觉得煎熬的时光太漫长，害怕到了明天依然如今天这般糟糕。其实，这种担忧可能只会让明天更加糟糕。在最彷徨糟糕的日子里，不必惊慌失措。那些生命中糟糕的事，熬过来就好了。既然前面的路总要走下去，又何必在乎是晴天还是雨天。该来的美好总会到来，你在等待的过程中要让自己学会强大。

人生总要经历很多糟糕、艰辛和酸楚，但人生不可能永远一蹶不振。这世间的苦，熬过了，就成为自己宝贵的财富。那些痛苦，都会成为养分，滋养你，让你长成春风吹又生的坚韧小草。我之所以说小草，是因为小草永远向上生长，永远望着蓝天，蓝天是希望，是信念。而草的矮小，是谦卑，是低调，是朴实，是不争不吵。

"熬"不是死撑着，而是在熬的过程中让自己逐渐强大。你最终能破茧成蝶，才算熬得值得。

孩子，在喜欢你的人那里，去热爱生活；
在不喜欢你的人那里，去看清世界。

———————

马　　德

把那些不喜欢自己的人忘掉

这个世界，总有你不喜欢的人，也总有人不喜欢你。这都很正常。而且，无论你有多好，也无论对方有多好，都苛求彼此不得。因为，好不好是一回事，喜欢不喜欢是另一回事。

刻意去讨人喜欢，折损的只能是自我的尊严。不要用无数次的折腰，去换得一个漠然的低眉。纡尊降贵换来的，只会是对方越发的居高临下和颐指气使。没有平视，就永无对等。

也不要在喜欢不喜欢上，分出好人和坏人来。带着情绪倾向的眼光，难免会陷入褊狭。咬人的，你不能说它是坏狗。狗总是要咬人的，这是狗的天性和使命。也就是说，在盯着别人的同时，还要看到自我的缺陷和不足。

当然了，极致的喜欢，更像是一个自己与另一个自己在光阴里的隔世重逢。愿为对方毫无道理地盛开，会为对方无可救药地投入，这都是极致的喜欢。这时候，若只说是脾气、情趣和品性相投或相通，那不过是浅喜；最深的喜欢，就是爱，就是生命内里的黏附和吸引，就是灵魂深处的执着相守与深情对望。

有时候，你的无数个回眸，未必能看到一个擦肩而过。有时候，你拿出天使的心，并不一定换来天使的礼遇。如果对方不喜欢，都懒得为你装一次天使。谁也不需要逢场作戏。尽管，一时的虚情假意，也能抚慰人陶醉人，但终会留下搪塞的痛，敷衍的伤。

所以，这个世界最冒傻气的事，就是跑到不喜欢的人那里去问为什么。不喜欢就是不喜欢了，没有为什么。就像一阵风刮过，你要做的是，拍拍身上的灰尘，一转身沉静走开。然后，把这个不喜欢自己的人寂然忘掉。

一个人，风尘仆仆地活在这个世界上，要为喜欢自己的人而活着，这才是最好的态度。不要在不喜欢你的人那里丢掉了快乐，然后又在喜欢自己的人这里忘记了快乐。

勉强不来的事情，不去追逐。你为此而累的时候，或许对方也在累。你停下来了，你放下了，终会发现，天不会塌，世界始终为所有人祥云缭绕。

每个人都在世俗的泥淖里扑腾着，所以，你得允许他人有一些世俗的观念和眼光，就像有时候你偶尔也会变得那么世俗一样。在喜欢你的人那里，去热爱生活；在不喜欢你的人那里，去看清世界。就这么简单。

有的人天生是来爱你的，有的人注定是要来给你上课的。你苦心经营的，是对方不以为意的；你刻骨憎恨的，却是对方习以为常的。喜欢与不喜欢之间，不是死磕，便是死拧。然而，这就是生活，有贴心的温暖，也有刺骨的寒冷，不过是想让你的人生，变得更加丰富、更加完整。

在辽阔的生命里，总会有一朵或几朵祥云为你缭绕。与其在你不喜欢或不喜欢你的人那里苦苦挣扎，不如在这几朵祥云下面快乐散步。天底下赏心乐事不要那么多，只一朵，就足够。

孩子，不要唉声叹气，
上天是公正的，更是慷慨的，
它早已把最珍贵的一切，
免费地馈赠给了每一个人。

————

佚　名

最珍贵的东西都是免费的

孩子，人难免有情绪失落的时候，当你心怀抱怨甚至陷入悲观时，我希望你想一想，在这个世界上，每个人生活中最珍贵的东西都是免费的。

阳光是免费的。芸芸众生，没有谁能够离开阳光活下去。然而，从小到大，你可曾为自己享受过的阳光支付过一分钱？

空气是免费的。一个人只要还活着，就需要源源不断的空气。可从古到今，又有谁为这须臾不可或缺的东西买过单？

亲情是免费的。婴儿来到世上，被父母给予无微不至的呵护，没有哪一对父母会对孩子说："你给我钱我才疼你。"

友情是免费的。你寂寞时默默陪伴你的那个人，你高兴时为你庆祝的那个人，你摔倒时向你伸出手臂的那个人，你伤心时拍拍你肩膀的那个人，可曾将他的付出折合成金钱，然后要你还钱？

爱情是免费的。那份不由自主的倾慕，那份无法遏制的思念，那份风雨同舟的深情，那份相濡以沫的挚爱，正是生命最深切的慰藉与最坚实的依靠。而这一切，都是免费的，更是金钱买不来的。

目标是免费的。无论是锦衣玉食的王子，还是衣不蔽体的流浪儿，只要愿意，就能为自己的人生确立一个目标。这个目标既可以伟大也可以平凡，既可以辉煌也可以朴素，只要你愿意，你就能拥有。

还有信念、希望、意志、梦想……所有这一切，都是免费的，只要你想要你就能得到。还有春风，还有细雨，还有皎洁的月华，还有灿烂的星辉……世间多少滋润心灵的美好风物，都是免费的。

所以，不要唉声叹气，上天是公正的，更是慷慨的，它早已把最珍贵的一切，免费地馈赠给了每一个人。

孩子，尽量在生命的过程中，
尽可能给自己多一点掌声，
不管是别人给予的还是自我肯定的，都好。
————
佚　　名

为自己喝彩，不必有半点的矜持

孩子，漫漫人生，途中总少不了寂寞、孤独、失败、沮丧这些负面情绪，在这些时候，你是不是该给自己一点掌声呢？

在无人的时候去问问自己：谁才是你人生中的长久观众？朋友、亲人或是其他认识或暂时不认识的人？只有你自己才是你这出人生大戏里的观众，只有你自己才能陪伴你从开幕到闭幕，在这一生中，你又怎能少了掌声的陪伴？年华易逝，人生苦短，匆匆几十年，纵然有时别人不理解又如何？何必让自己过得太过孤独？在适当的时候给自己一点掌声。

这一点掌声，伴随着人的一生，不管开局如何，不管结果怎样，你所要做的就是：尽量在生命的过程中，尽可能给自己多一点掌声，不管是别人给予的还是自我肯定的，都好。

当人慢慢开始长大，渐渐懂得了生命的意义所在，在任何时候，面对任何困难，都不会低下高贵的头颅；就像那太阳底下的向日葵，即使沮丧，也要面朝太阳。不怨天尤人，学会了包容，以自然平常的心态去对待每一个人、每一件事，踏踏实实地过好每一天。或许正如他人说的那样：当一个人拥有积极的心态，努力向上时，那他所吸引的东西也一定是积极的、向上的、正面的。

所以，不管在何种情况下，都别忘了保持一颗积极向上的心，以及对美好事物的期待，这样，你的人生才会充满阳光，生命也才会绽放精彩。

给自己一点掌声，因为前面的路虽然长，但并不孤单，虽然艰辛，但依旧充满阳光。

给自己一点掌声，肯定自己，相信自己，做自己。

孩子，一个能在自己的精神世界里自由地行走的人，

无论他是富有还是贫窘，

快乐与自信始终是他行走在尘世中的形象。

————

佚　　名

欣赏自己，就是幸福的开始

孩子，在这个世界上，别人怎么看你其实并不重要。因为好多时候，你没有必要看别人的脸色生活，那样做只会让你徒增压力。每个人都是一个小世界，而自己的心就是统治它的君主。明白了这点，你会叫烦恼走开；明白了这点，你就会叫压抑远遁；明白了这点，你就不必在意飞短流长；明白了这点，你才能从容面对一切。

欣赏自己，就要把自己描绘成一幅画。你可以让画面上长出绿草红花，你可以叫流水汩汩，你可以让山林幽幽，你可以让阳

光温柔地照亮这一方天地。一个能在自己的精神世界里自由地行走的人，无论他是富有还是贫窘，快乐与自信始终是他行走在尘世中的形象。

欣赏自己，就要把自己想象成一首歌。这种歌声具有穿透力，能让你在春天感受鲜绿的生机，能让你在夏天体验火红的激情，能让你在秋天观赏金黄的美景，能让你在冬天触摸雪白的诗意……世界上，没有谁能拒绝快乐的歌曲，你如果真的把自己当成这样一种声音，那么你的存在，也会让这世界多了几许叫人难忘的美丽。

欣赏自己，就要把自己涂抹成一首诗，怎么解读你，那是别人的事情。有人喜欢，那是因为他的心灵可以与你共鸣；有人厌恶，那也正常，那是因为你们的品位不同。但是，只要你充满真诚，相信越来越多的人，能看见你诗里所包含的隽永。

欣赏自己，并不意味着你的自负。一个不懂得欣赏自己的人，他离快乐的距离会很远：他会失去自己自由奔放的个性，让自己小心翼翼地在意别人挑剔的眼光，过分在意自己一城一地的短暂得失，痛苦会如蛇芯一样不时舔舐他的心。一个不懂得欣赏自己的人，他还会无来由地贬低自己，一个自己都看不到自己魅力的人，别人怎么能欣赏你?

欣赏自己，就可以清醒地认识自己。虽说"旁观者清，当局者迷"，但只要静下心来想想，这世界上，每个人都有自己一摊子绕不开、玩不转的事，谁还有那么多的精力来"关注"你。只要你细心琢磨就会发现，每个人对自己的思想、动机、行为等才是最熟悉的，熟悉得就像自己的身体一般。要持久地欣赏自己，你就得不断地完善自己，使自己得以朝着自己向往的理想方向大踏步行进。

欣赏自己，会让自己变得大度豁达。在这世界上，最能左右自己心境的人其实还是自己。人生在世，草木一秋。只有真正做到心平气和，才会令每一个平淡的日子慢慢地生动起来，才会头脑清醒地去审视自己，才会把一些名利得失看成过眼云烟，才会去做自己想干也能做的事情。

孩子，人，即便生得再平凡，也是限量版，
别瞧不起自己。不论是否创造过巨额价值，
在爱你的人眼里，你都是奢侈品。

————

佚　名

生得再平凡，也是限量版

孩子，人，无论活成什么样，也只得一世，我们想如何度过
此生，得靠自己去策划、安排，管理好自己此生，不能依赖别人。

最深的爱、最痛的恨、最甜蜜的希望、最苍凉的失望，从来
不是对别人，而是自己对自己的。我们与之周旋一生的，原来是
自己。

先管理好自己，即使真有轮回，我们也要先活好当下这一世。
天灾人祸我们掌握不了，但我们可以掌握自己。

也许你习惯了有人陪，但没有人会陪你走完全程。人生，总有一些路，要独立去走；总有一些事，要独立去做。每一种经历都是一次自我修炼的机会，最清晰的脚印，往往印在最泥泞的路上，人生路不可能永远坦途，必然遇到令人无奈的困境，甚至是人生的绝境。不要因为没有最好的回报就不付出，也不要因为没有完美的结果就不开始。做你害怕的事，害怕必然消失。

当感受了所有的酸甜苦辣之后，心最终会变得强大。无论坦途，还是坎坷，无论鲜花，还是荆棘，拥有一份淡然的心境和一份坚定的信念，才会生活得踏实和愉悦。

生活的最高境界：忘掉过去，满意自己的现在，乐观自己的未来。每个人真正强大起来都要度过一段没人帮忙，没人支持的日子。所有事情都是自己一个人撑，所有情绪都是只有自己知道。但只要咬牙撑过去，一切都不一样了。

生命中最难的阶段不是没有人懂你，而是你不懂你自己。要知道世上找不出两个完全相同的人。人，即使生得再平凡，也是限量版，别瞧不起自己。不论是否创造过巨额价值，在爱你的人眼里，你都是奢侈品。要对得起自己。不论周围人如何眼含轻蔑，都不该妨碍你冷艳高傲地活着。

　　有时候，我们追寻更多的东西，求而不得苦苦挣扎，却忘了我们已经拥有的一切。就如同站在窗前放眼望去，有人看见绿色美景，而有人看见忧伤，乐与不乐在心。

　　你的心能够走多远，你的脚就能够走多远。如果你把自己的心灵禁锢起来，那你的脚步就会停滞不前。世上没有做不到的事，只有不敢去设想所以不能实现的愿望。因此，不管前方的道路是多么崎岖坎坷，只要你能坚持不懈，就一定能够走出美好的未来。

　　有一些东西错过了，就一辈子错过了。人是会变的，守住一个不变的承诺，却守不住一颗善变的心。有时候，执着是一种负担，放弃是一种解脱。

　　记住，人没有完美，幸福也没有一百分。

孩子，没有人能回到过去重新活过，
但你却可以从现在起，决定你未来的模样。

————

佚　名

成为"不服输"但"输得起"的人

孩子，也许有时候你会认为，这个世界充满了不公平、贫穷、无助，但我要你明白，这个世界永远不仅仅这样，我要你看到光明、梦想、努力和希望。没有人能回到过去重新活过，但你却可以从现在起，决定你未来的模样。它就像一列慢吞吞的火车，也许很慢，但总会带你到达你将要前往的那一站。

在人生这场旅行中，如果想让自己过得丰富而精彩，你就需要正确认识和经营自己的长处，能够正确评价自己所处的环境，了解自己的长处和短处，并知道自己生活的意义，能够履行自己的责任，以积极心态去解决困难。

　　每个人都有潜在的才能，只不过有时自己和别人没有发现而已。知道自己在某个方面很优秀，这不仅可以使你充满自信，而且会让你拥有一块立身之地。所以，不要轻易丢掉自己的兴趣和长项，以自己的短处去谋生。外面的世界很精彩，也很无奈，要懂得扬长避短。

　　人不可能不犯错误，总有失误和不理智的时候。这个时候，你就需要冷静下来，清醒一下大脑，整理一下思绪，不要去抱怨生活的艰辛，命运的不公，不要压抑自己，迷失自己，让自己沉沦在忧伤里不能自拔，更不要自暴自弃。要知道，抱怨无用，既然此路不通，那就另寻他路。要是偶尔抱怨发泄一下，是十分必要的，但可怕的是形成习惯。抱怨是一种致命的消极心态，它只会增加你的烦恼，也只能向别人显示你的无能。

　　我最想说的是，没有健康的身心就什么都谈不上。健康是一切的基础，离开健康的身体，去说事业、金钱、爱情等事项，都是无源之水。好的心态决定好的命运，以积极的心态生活，就会发现许多美妙的东西；以消极的心态生活，就会发现许多沮丧的东西；生活的快乐与烦恼，全在于你对生活的态度。

孩子，有时候，人生要懂得走弯路。

毕竟，人生不如意事常八九，

即使心里痛苦得再也过不去，

如果仍然坚持继续走下去，

很多时候，走着走着，奇迹也就出现了。

————

佚　名

走弯路是人生的常态

孩子，每个人漫长的人生旅程，不可能是一条平滑的直线，而弯路是人生别无选择的主调和常态。

走弯路是自然界的常态，走直路反而是非常态，因为河流往前时会遇到各种障碍，无法逾越，只有绕道而行，绕来绕去，避过一道道障碍，才能最终抵达遥远的大海。在这期间，遇到断路悬崖时，河流径直跃身而下，所以，瀑布正是江河走投无路时才有的奇迹。

人生也如河流，坎坷挫折是太正常不过的常态，不必悲观失望，也不必长吁短叹，停滞不前。

　　不摔跤，没有疼痛的感觉，又怎么知道怎样防止摔跤？不迷路，没有尝过无路可走的滋味，又怎么知道下次怎样认清方向？没有经历黑夜，又怎么会产生追求光明的欲望？没有经受暴风雨的侵袭，又怎么会有雨过天晴、阳光明媚的梦想？

　　弯路有时非走不可，弯路有时就是财富。

　　走直路，虽快捷便当，但却错过了路边的景致，留下诸多遗憾；走弯路，虽费时费力，但沿途欣赏美景，又会有山重水复、柳暗花明之趣。所以说，弯路和直路各有其妙。

　　山重水复，是艰难往复的探索；柳暗花明，预示着终将到来的成功。一直垂青于直路的平坦，可谁能保证那康庄大道不是开凿于陡峭的悬崖？谁能断言那通幽的曲径不是通往成功的巅峰？弯路，是求索中别样的风景。

　　人生要懂得走弯路，毕竟，人生不如意事常八九，即使心里痛苦得再也过不去，如果仍然坚持继续走下去，很多时候，走着走着，奇迹也就出现了。

孩子，有一天你终究会明白，

所有的寻觅，再深的绝望，也只是一个过程。

人总是在最深的绝望里，才会看见最美的风景。

————

佚　名

如意的生活，是从不完美开始的

孩子，所谓的幸福和快乐，需要在生活中慢慢感受，用心体会，而不是靠别人的赞誉和认可编织而成的。别人的掌声背后，站着的往往是一个孤独、寂寞的自己。没有一个人把自己活成了别人的样子，还可以得到真正的快乐。不管是谁，我们都需要为自己而活。不要去羡慕和抄袭别人，不要变成别人的复制品，因为那将毫无价值。

孩子，要学会接纳和拥抱心中的阴影，才可以让你的生活发生彻底的转变。因为人生中的每个阶段都会给你抛出各式各样的**问题，想逃避也一定躲不过，但面对了却不一定比想象的糟糕。**

要知道，得到了不一定能长久，失去了不一定不再拥有。未来的你，肯定会因为某个理由而伤心难过，但是，那时的你，更应该找个理由让自己快乐。

你必须学会允许自己身上的各种可能性和谐共存，因为只有这样，你才能得到真正的自由。你必须原谅生活的不完美之处，因为不完美原本就是生活的一部分。如意的生活，是从爱上不完美开始的。你需要将心比心，用同样的方式来对待自己与别人。

周围的物质世界是我们内心世界的反映。当你能够接纳自己、原谅自己的时候，自然也就可以接纳和原谅生活的不完美。

当别人忽略你时，不要伤心，每个人都有自己的生活，谁都不可能一直陪你。当你看到别人在笑，不要以为世界上只有你一个人伤心，也许，别人只是比你会掩饰。当你无助时，你可以哭，但哭过以后你必须要振作起来，绝地逢生的事情并不罕见，何况还未到绝境。当你觉得处处不如人，不要自卑，记得，你只是平凡人。

人生在世，总有很多东西无法挽留，比如走远的时光，比如枯萎的情感，也总有很多东西难以割舍，比如追逐的梦想，比如心中的热爱。面对人生道路上的种种未知，路走不通的时候，你感觉它已经走到了尽头，其实，总有一扇门为梦想打开。直到有一天，你终究会明白，所有的寻觅，再深的绝望，也只是一个过程。人总是在最深的绝望里，才会看见最美的风景。

不保留的，才叫青春。不解释的，才叫从容。不放手的，才叫真爱。不完美的，才叫人生。

写给淡定

即使像蚂蚁一样生活，
也可以像蓝天一样美丽

别急于去向生活索取，
时候到了，你的努力自然会有回报。
你只有先上轨道，才能追上那些在前面的理想生活。
同样的，当你经历了许多事、见过了许多人，
有自己的领悟和修养后，你才能做到不忧也不惧。

孩子，过去的经历再光彩，也是一束凋谢的花朵，

今天的生活虽平凡，却是一把充满生命力的种子。

许多事，仅一念之间而已。

把周围的人看作魔鬼，你就生活在地狱；

把周围的人看作天使，你就生活在天堂 。

————

佚　　名

心如莲花，人生才会一路芬芳

孩子，想奋斗出一番事业的人，一定要记住这四句话：

学会忘记一些东西，那些痛苦的、尴尬的、懊悔的记忆，为阳光的记忆腾出空间。

每天都是新的一天，烦恼痛苦不过夜。

承认自己的不聪明、不勇敢，这样在面对别人的优秀时，可以坦然，并给予发自内心的赞美。

永远都不要抱怨什么，抱怨只会暴露你的无能。

做你没做过的事情叫成长，做你不愿意做的事情叫改变，做

你不敢做的事情叫突破。不要拿自己的人生和别人做比较，每个人感受到阳光的温度都是不一样的。生命的渡口，就算没有船，亦要自渡，坚信自己，能从荒凉的起点，走向自己希望的明天。

前进，你可以给自己一个理由；后退，你也可以给自己一个借口，但是，你终究无法欺骗自己的心。过去的经历再光彩，也是一束凋谢的花朵，今天的生活虽平凡，却是一把充满生命力的种子。许多事，仅一念之间而已。把周围的人看作魔鬼，你就生活在地狱；把周围的人看作天使，你就生活在天堂。

人无法阻止潮起潮落，所以，不要趾高气扬，因为明天你就可能失势；不要委屈自己，因为明天会更美好。真正的闲，是心灵中超然物外；真正的退，是处世时自然低调；真正的进，是做事中泰然担当。当你期待太多，原本简单的事就变得复杂了。只有内心安静祥和，才不会被外界所左右，心如莲花，人生才会一路芬芳。

友情的深浅，不仅在于那位朋友对你的才能钦佩到什么程度，更在于他对你的缺点容忍到什么程度。只有深深洞察和了解你弱点的人，才可能成为你忠实的朋友。当然，不要记恨说你坏话的人，因为他们用另一种方式让你看清楚自己。

记住，不要评价任何人。不要评价别人的容貌，因为那只是表面；不要评价别人的德行，因为你在某些方面未必有他高尚；不要评价别人的家庭，因为那和你无关。

一个真正的强者，不是摆平了多少人，而是看他能帮助多少人——肯帮助别人，这是德；能帮到别人，这是能。有德、有能的人，才是强者。

孩子，生活，是对自己良心的交代，
不是秀给别人看的。
心若计较，处处都有怨言；
心若放宽，时时都是祥和。

———————

佚　　名

你若画地为牢，在错过朝霞之后，又会错过满天繁星

孩子，如果你要做一件事，不要炫耀，也不要宣扬，只管安安静静地去做。

千万不要因为虚荣心而炫耀，也不要因为别人的一句评价而放弃自己的梦想。其实最好的状态，是坚持自己的梦想，听听前辈的建议，少错几步。至于值不值得，时间是最好的证明。时间会让深的东西越来越深，让浅的东西越来越浅。看得淡一点儿，伤得就会少一点儿，时间过了，很多事情也就明了了。

有些话，适合藏在心里；有些痛苦，适合无声无息地忘记；

有些回忆，只适合偶尔拿出来回味。很多事，当经历过，自己知道就好；很多改变，无须说出来的，自己明白就好。

很多事，不是你想做就能做到的；很多东西，不是你要就能得到的；很多人，不是你去留就能留住的。就像指缝间的阳光，温暖、美好，却永远无法抓住。沿途的些许风景，你也只能潇洒地边走边忘。

不用挣扎，不必纠缠，不去计较。吹毛求疵的人，即便在天堂也能挑出瑕疵。无论你目前的生活如何卑微，要正视它，生活下去；不要躲避它，也不要恶语相加。你的生活不像你想的那么糟糕，你最富有的时候，你的生活看上去倒有可能是最贫穷的。

没有过不去的事情，只有过不去的心情。很多事情之所以过不去，是因为我们心里放不下，比如，被欺骗了，报复放不下；被讽刺了，怨恨放不下；被批评了，面子放不下。生活中的很多烦恼，就是源于无法释然。但是，放不下，走不开，最后为难的只是自己，捆绑的也只是自己。你若画地为牢，在错过朝霞之后，又会错过满天繁星。

世间不如意事十之八九，能对你百依百顺的人，能让你如愿以偿的事毕竟很少。你若计较，也许没有一样让你满意。人只能活一次，千万别活得太累。生活，是对自己良心的交代，不是秀给别人看的。心若计较，处处都有怨言；心若放宽，时时都是祥和。

所以，学着去理解去体谅，学着去遗忘一些不愉快的事情，学着放弃纠缠于鸡毛蒜皮的小事，学着忍耐淡然，学着忽视表面的不安，最重要的是，学着深信你所爱着的人。

孩子，不论这个世界多么糟糕，

你自己的世界一定要精彩；

不论人心多么黑暗，你的内心一定要明亮。

不要用糟糕去对付糟糕，不要用黑暗去对付黑暗。

————

即使生活不够慷慨，我们也不必回报吝啬

孩子，即使生活在阴沟里，你依然有仰望星空的权利。

人来这一世，不过是修行一段，所有的悲欢离合，爱恨情仇，不过是自己的痴念，只是想不开，抑或是尚未想开。

或许任何事情都具有双面性，坏事也会变成好事，在任何困境中，我们都不要失去信心，相信美好的明天会展现在你面前。

或许我们都没有错，我们都只想把生活越过越好。虽然在这个过程当中我们会有一些错误的选择，但我们始终相信前途会是美好的，充满希望。

有时候，人总是想起以前单纯天真的自己。而现今，我们开始慢慢变得成熟，那些傻乐大笑的日子，那些轻狂不羁的岁月，那个白衣飘飘的年代，那段啼笑皆非的时光，都毫无顾忌地抛给过去，剩下的，只有平静感恩地活在当下而已。

不论这个世界多么糟糕，你自己的世界一定要精彩；不论人心多么黑暗，你的内心一定要明亮。不要用糟糕去对付糟糕，不要用黑暗去对付黑暗。

生活，有太多的愿与不愿，要与不要，爱与不爱。

与其矛盾挣扎，不如以一颗平静的心，去接纳我们所不能改变的事物，去改变那些有可能改变的东西，找到那些我们内心世界中可以突破的地方去突破，找到那些不可突破的地方学会接纳。

如此，我们就会多些快乐，少些烦恼，多些甜蜜，少些苦涩。

我们应该为自己而活，不被世俗所左右，哪怕只做一株卑微的小草，没有盆景花朵那般昂贵，但我们依然有属于自己的那片开阔天地，仍然会有供我们自由成长的那片阳光。

幸福的味道不是甜蜜，而是平淡；不是浓郁的芬芳，而是淡淡的幽香。那感觉不是闻到了花的香气，而恰似听到了花开的那一丝声音……

倘若你感觉自己不怎么幸福，那么请你对着镜子为自己真实地微笑一下，你会发现幸福就在你的脸上绽放。

或者你试着打开尘封太久的心窗，你就会发现有一缕明媚的阳光，正悄悄地照耀你的心房，停留在你的心上，留下一抹淡淡的温暖……

即使生活不够慷慨，我们也不必回报吝啬。何必要细细地盘算，付出和得到的必须一般多。如果能够大方，何必显得猥琐；如果能够潇洒，何必选择寂寞？

获得是一种满足，给予是一种快乐。清简内心，一切皆安。

孩子，留不住的东西就用力把它往远处扔，
没准撞到什么，就弹回来了。

————

世上没有绝对快乐的人，
只有不肯快乐的心

孩子，生命是一种缘，你刻意追求的东西也许一生得不到，
而你不曾期待的灿烂反而会在你的淡泊从容中不期而至。

每件事最后都会是好事，如果不是好事，说明还没到最后。

人之所以伤心，是因为看得不够远。未来没有来临之前，怎
么知道现在所谓的困境，不是一件好事呢？

人要向前看，尤其是感情，根本就无须去纠结其中的对错，
因为是没有对错的。奇迹有时候是会发生的，但是你得为之拼命
努力。

人，贵在大气。有些言语，只是言语，不必在乎；有些风景，只是风景，不必留恋；有些心情，也只是心情，不是一生。

放下的，就要学会优雅转身；得到的，就要学会百般珍惜。

安心，才能开心。要想活得开心，先要让自己安心。

真正的安心，不是达成自己的所有愿望，因为欲海无边，而是淡然。

淡然的心不计得失，懂得宽容，自然赢得一片宁静。宁静幸福的生活，要用宁静的心来换取。

有时候我们过得不好，很多时候都是在自欺欺人，总是在幻想着遥远的梦境，凌乱了脚下的步履，艳羡着别人的幸福，漠视了身边的快乐。

境由心造，心灵的方向错了，我们就会无端失去感悟生命喜悦的机会，在自铸的牢笼里囚禁着思想的自由。

任何时候，少审视他人，莫轻贱自己，经营好自己的日子，这才是最美妙的活法。

许多时候，我们生存在别人的非议中，常在意身边的飞短流长，为着无关紧要的某句话高兴、郁闷或痛苦，把神经搞得很敏感，把身心弄得很疲惫，结果亏了自己，却什么也收获不到。

我们是活给自己看的，不必沉浸在他人的语言中，蜷缩于世界的阴影下。

你若裹足不前，有人偷着笑；倘你挣开束缚，前方春光明媚。

痛苦和快乐是一对孪生兄弟，不同的只是在于你的选择。在这复杂的社会里，平凡的生活就是福气。

人总是将人生的愉悦，寄托在外界的事务上，依附于世俗的认同上。其实快乐是种感觉，不知足永远不会快乐。世上没有绝对快乐的人，只有不肯快乐的心。

一生中，我们要经历许多事情，而心灵像一个筛子，在世事颠沛流离中，慢慢地一些人就漏掉了。

不过，对于智者来说，他们漏掉的只是别人的过错与不足，他们不会刻意去记恨一个人，而会记住他人的好和善，并时时充盈自己那颗感恩的心。宽容、大气的生活会让人更容易感受到喜乐与安然。

我们曾经苦苦追寻幸福，现在还在一如既往地坚持着，殊不知幸福就在我们的身边，朋友的一句问候，亲人的一句关心，恋人的一个动作都是爱的代表。因此要用一颗感激的心来面对周围的世界，用一颗赤诚的心来为自己的家人、朋友祝福。

相信美好，相信奇迹，相信希望，相信爱自己的人一直未曾远离。

有时我们太在意耳边的声音，决策优柔寡断，行动畏首畏尾，最终累了心灵，困了精神。

就算你做得再好，也会有人指指点点；即便你一塌糊涂，亦能听到赞歌。能够拯救你的，只能是你自己，不必纠结于外界对你的评判，不必在意他人的眼神，不必为了讨好这个世界而扭曲了自己。

心简单，没有繁杂的迷惑，故而能看透；生活简单，目标明确，自然能行远。欲望越多，痛苦就越多，幸福就越会远离。

只有懂得节制欲望的人，才能享受到人生的真正乐趣；只有懂得不去计较的人，才能享受到和谐；只有懂得放下自己的人，才能享受到生活的自在从容。

一滴墨，可以污浊一杯水，难以混浊一条河，因为心大方能容纳；一句话，可以破坏一时的心情，难以决定人的一生，因为命运在自己的手中；一次意外，可以让步履沉重，难以销蚀执着的追求，因为活着，必须坚强。

孩子，不管此时此刻的你有没有人爱，你也要努力做一个有爱的人。

不埋怨谁，不嘲笑谁，也不羡慕谁，阳光下灿烂，风雨中奔跑，做自己的梦，走自己的路。

孩子，放下，是一种大度，是一种彻悟，是一种灵性。
只有该放下时放下，你才能够腾出手来，
抓住真正属于你的快乐和幸福。

————

佚　名

放下，是一种大度，是一种彻悟

孩子，有一天，你也许会说："我不知道我自己想要什么。"其实在我看来，这句话的真正含义是：我没有勇气面对和我没有付出努力去争取我想要的。然而，在你去争取自己想要的东西的时候，我却更想和你说说"放下"。有很多人都在说要"放下"，但你首先要知道，你到底该放下什么？

放下争论对错。很多人选择争论，是希望自己永远正确，实际上，这对于良好的人际关系是一个巨大风险。如果你仔细想想，这真的值得吗？因此，当你感觉自己急切投入争论对错的时候，请问一下自己，参与这样的一场争论本身就是对的吗？对自己真的是有利的吗？我们的自我真的就那样大吗？

放下随意判断的心。不要对那些你不了解的人和事轻易下定义、贴标签，尽管有时它们看起来很怪异。尝试一点点打开你的心灵，记住，头脑在打开的时候才会工作，高级的愚痴，就是轻易拒绝那些你一点也不了解的事。

放下借口。很多时候，我们会自我限制，就是因为我们总是使用这样或那样的借口，而不是改进我们的生活和努力成长。我们被它们阻挡了，被它们欺骗了，要知道99％的借口都是虚假的。

放下你的控制欲。你要愿意放弃你对身边人、环境和事物的控制欲，无论他们是你爱的人，还是你的工作伙伴，或仅是街上的一个陌生人，请允许他们遵循自己的状态生活，这样你才能感受到更好。

放下恐惧。很多时候，恐惧只是一个幻觉，它并不真实存在，只是你创造了它，它只存在于你的头脑里。只有一样东西该令你恐惧，那就是恐惧本身。

放下责备。不要去责备别人做了什么，或者没有做什么，特别是永远不要凭着你的感受去责怪别人。人与人都是不同的，但我们又都是相同的，我们都希望快乐，希望被人爱和理解。

放下抱怨。放下对人、环境、事物的抱怨，自怨自艾的心态永远不能为你解决任何问题，只能使你不快乐。

放下虚荣心。停止刻意迎合和取悦别人，因为只有当你首先放下伪装，摘下自己的面具时，你才能接受和拥抱真实，这时，别人也才能被你吸引。

放下惰性。改变常常是好的，可以帮助你从 A 到 B，可以改进你和你周边人的生活。然而，改变的诀窍是立即行动，然后把一件平凡的小事做到炉火纯青，这是所有成功者共同的特质。

放下过去。我知道这是很难的，尤其是过去十分美好，而未来令人恐惧的时候。但是，你不得不认真考虑现实，因为现实才是你拥有的。过去虽然是你渴望的，但那只是你的一个妄想。你必须回到现实认清这一点。不要令自己迷惑，活在当下，享受当下。

放下执着。放下执着能让人变得超然，但这不代表你可以放弃爱，因为爱与执着是两回事。执着更多地来源于对失去的恐惧，而爱是纯净的、宽容的、不自私的。当你爱的时候，你不会恐惧失去。放下执着，你将变得十分平和、宽容和安详。这时，你能够理解一切事物，甚至包括你并未体验过的事。

放下模仿，自己过自己的生活。太多的人在为别人生活，而不是自己。他们总是根据别人的观点去生活，包括别人认为好的。他们忽视自己内在的声音，内心的呼唤，总是忙着取悦别人，为别人的期望生活，而忘记控制自己的生活，忘记自己到底喜欢什么，到底想要什么，到底需要什么。最终，他们忘记了自己。

请你记住，你拥有自己的人生，这是一项权利，它是属于你的，你必须为自己的人生而活，不必让他人的意见左右你的道路。

不要以为放下就是不管不顾，或者就是随随便便。其实，真正的放下，不是应付了事，而是用心工作、生活、学习、修行，在做事的过程中不做与事情本身无关的事情。你尽心尽责了，至于最后的结果是好是坏，自然也就看淡了，轻松了。

放下，是一种生活最大的智慧，是一种坦然，而不是无奈，更不是放弃。放下，是一种大度，是一种彻悟，是一种灵性。只有该放下时放下，你才能够腾出手来，抓住真正属于你的快乐和幸福。

孩子，人生是一场与任何人无关的独自的修行，

这是一条悲喜交集的道路，

而路的尽头一定有礼物——就看你配不配得到。

————

佚　　名

用一杯水的单纯，面对一辈子的复杂

孩子，人生最大的痛苦，就是心灵没有归属，心若没有方向，去哪里都是逃离。无论你知不知觉，承不承认。

人生就像天平，一边是给予，一边是接受；一边是付出，一边是得到；一边是耕耘，一边是收获；一边是物质，一边是精神；一边是自己，一边是他人。上帝也很为难，他不可能把所有好事都给你，也不可能把所有不幸都给你。看淡得失，你才能找到生命的最佳平衡状态。

不要轻言你是在为谁付出和牺牲，其实，所有的付出和牺牲，

最终的受益人都是你自己。人生是一场与任何人无关的独自的修行，这是一条悲喜交集的道路，而路的尽头一定有礼物，就看你配不配得到。

心情不是人生的全部，却能左右人生的全部。心情好，什么都好；心情不好，一切都乱了。我们常常不是输给了别人，而是坏心情影响了我们的形象，降低了我们的能力，扰乱了我们的思维，从而输给了自己。控制好心情，生活才会处处祥和。好的心态塑造好心情，好心情塑造最出色的自己。别让人生输给了心情！

做人如水，你高，我便退去，绝不淹没你的优点；你低，我便涌来，绝不暴露你的缺陷；你动，我便随行，绝不撇下你的孤单；你静，我便长守，绝不打扰你的安宁；你热，我便沸腾，绝不妨碍你的热情；你冷，我便凝固，绝不漠视你的寒冷。

希望你能用一杯水的单纯，面对一辈了的复杂。

孩子，只要你的脚还在地面上，
就别把自己看得太轻；
只要你还生活在地球上，
就别把自己看得太大。

———————

佚　　名

人生，既要淡又要有味道

　　孩子，生活没有模式。如果笑能让你释然，那就开怀一笑；如果哭能让你减压，那就让泪水流下来；如果沉默是金，那就不用解释；如果放下能更好地前行，为什么还执迷不悟地扛着？

　　世事太喧嚣，平凡人的生活，耐不起重口味的折腾，凡事最好少计较、少争执，能往宽处行就莫往窄处挤。有些事情、有些感情，要宁愿看淡点，做一个淡泊宁静的人。但是，切忌淡而无味，对任何事情都丧失了兴趣和追求。与己无缘者，随他来去，即为淡；与己有缘者，好自珍惜，即有味。人生，既要淡，又要有味。

　　做人最重要的是要时刻保持善良的本质，你善良，世界才宽

阔。要知道，物质有厚薄，精神却无囿限。人，要有赞人之口，好言令冬暖，恶语使夏寒；要有纯净之眼，你看简单了，周围的一切才不复杂；要有助人之手，少些锦上添花，多点雪中送炭。

人生不可避免面对各种风险与挑战，人生的胜利也不在于一时得失。有些事，问得太清楚便是无趣，难得糊涂才是上道。

不要让自己生活在抱怨之中。想想看，你每天被闹钟吵醒，不得不从被窝里爬起来上班，至少证明你还活着，并且有事可做；很想休假但却没批准，说明还有一定位置离不开你；听到别人谈论你的话有点刺耳，至少说明还有人注意你；邻居家偶尔很吵，至少证明你还能听到声音。不是吗？

孩子，只要你的脚还在地面上，就别把自己看得太轻；只要你还生活在地球上，就别把自己看得太大。不自负，不自卑，正确、恰当地认识自己，用这种心态做人，可以让自己更强大、更健康。

生活中，不尽如人意的事情很多，关键在于你怎样看待。有烦恼的人生才是最真实的，所以，认真对待纷扰的人生才是最舒坦的人生。如果你改变不了世界，也不要让世界改变你思想的纯真、你内心的平静。

孩子，留一点空白，这是生活的智慧。
世界的一切，总是在失去中得到所要，
在遗憾中得到圆满。

——————

佚　名

给人生留一点空白

　　孩子，金无足赤，人无完人。在生活、工作、学习中，要懂得给自己留一点空白，也给他人留一点空白，否则，很容易使自己陷入困境，被压得喘不过气来。

　　给自己心灵留一点空白，让自己有喘气的时候，摆脱各种烦恼、压力，不让快乐、生气过来侵蚀自己的灵魂，让自己静一下，什么都不想，也许是最好的休息方法。

　　给自己心灵留一点空白，人无完人，不必过于苛刻地要求自己，缺点于人是不可避免的，不必陷入苦恼之中，太完美的人，他人也许反而不会想接近。

　　做任何事情都不能太过于绝对，留一点余地给自己，想要退的时候就不会比较难了；给他人留一点空白，人际交往中，如果毫无保留地把自己坦白给他人，不留一点空间，那只会伤了自己，伤了他人。

　　别人有别人的个性和人格尊严，不必非要要求别人什么，不把自己的价值观强加于他人身上，才能愉快地跟人相处，欣赏对方的优缺点，创造一个融洽的人际环境。

　　人生本来就是由酸甜苦辣组成的，也不可能一帆风顺，不必强求什么，留给自己一点空白，平平淡淡才是真，在淡泊之中悟出人生的真谛。宠辱不惊，看庭前花开花落；去留无意，望天上云卷云舒。

　　给人生留一点空白。那空白其实很可爱。它像一段激昂乐曲中的几个休止符，像一本写满字迹的稿纸中的几张留白，像现代化的楼群中裹挟的几片绿地，像山雨飞溅中的那几处能避雨的小凉亭。

　　给人生留一点空白。那空白不是空缺，更不是苍白。它以静滋养着动，以无提携着有。它给人的精气神儿充电，给人的底气打气。

给人生留一点空白。人应当像湖水那样到时候就冰封，像群山那样到时候就光秃秃。人生本来暗藏玄机无限，许多时候，马不停蹄、绵延不断可能是一种愚蠢，而常走短歇、时断时续才是一种智慧。

留一点空白，这是生活的智慧。世界的一切，总是在失去中得到所要，在遗憾中得到圆满，在哭声中得到欢乐。挥挥手，告别失去，以一颗平常心对待一切。

留一点空白，不要让生命失去本色；留一点空白，让生命焕发色彩。

孩子，当命运来敲你家大门时，抱怨也没有用。

如果非得抱怨，那么请你每抱怨完一件事之后，

也能顺手感谢一件事，

这样，日子可能会好过一点。

————

值不值，时间是最好的证明

孩子，别去问生活值不值得，你当时愿意，便是值得。

用得失来衡量的，只属于世俗世界，不属于情感世界。只有世俗世界才问成与败，有用与没用；情感世界只负责爱与憎，喜欢还是不喜欢。

一个人的心有两种特质，趋世俗的心和为情感的心。你会发现，当一颗心为情感而九死一生的时候，从来都不世俗。

这时候的人最感性，最偏执，也最干净。

你开始追问值得不值得的时候，已回归到了世俗的世界。后来，你觉得痛和累，是因为学会了计算和算计。

也就是说，当你纠缠于功利，你会发现好多事情都不值得。而你，也开始为值得一天天地走向世故和圆滑，再难找回原来那个干净的自己。

只不过是万事俱备，东风就来了，这叫机遇；东风来了，毫无准备，这叫遗憾。

有眼光的人，总能从一些现象中捕捉到未来的可能性。

人生的很多失败，不是你没做好，而是做慢了。你要记住，只有当你足够尽力了，你才有资格说自己的运气不好。

如果你要做一件事，请不要炫耀，也不要宣扬，只管安安静静地去做。因为那是你自己的事，别人不知道你的情况，也不可能帮你实现梦想。

千万不要因为虚荣心而炫耀，也不要因为别人的一句评价而放弃自己的梦想。

其实最好的状态是：坚持自己的梦想，听听前辈的建议，少错几步。值不值，时间是最好的证明。

人生就是一场修行。有些人，似荷，只能远观；有些人，如茶，可以细品；有些人，像风，不必在意；有些人，是树，安心依靠。

人生就是一场修行，心柔顺了，一切就安定了；心清净了，生活就美好了；心快乐了，幸福就来到了。

你没有碰到你期望的人，是因为你还没有准备好你自己。

也许你会问，机会为什么总是青睐有准备的人？

实际上，机会青睐了每个人，没有准备的人都会错过机会，有准备的人才能抓住机会。

我们看到的机会，都被有准备的人抓住了。而如果你觉得你错了什么，那不是你运气差，是你不曾为"做好准备"而付出。

绝大多数人在绝大多数时候都只能靠自己。没什么家庭背景，没遇到什么贵人，也没读什么好学校，这些都没有关系。

关键是，你决心要走哪条路，想成为什么样的人，准备怎样改变自己的惰性。

向前走，相信梦想并坚持。只有这样，你才有机会自我证明，找到你想要的尊严和荣誉。

没有任何事物是偶然发生的，每一件事情的发生都有其必然性，因此当命运来敲你家大门时，抱怨也没有用。

如果非得抱怨，那么请你每抱怨完一件事之后，也能顺手感谢一件事，这样，日子可能会好过一点。

一个人经历得越多，他会思考得越多。越是优秀越是努力，这一现象的原因在于，优秀的人总能看到比自己更好的，而平庸的人总能看到比自己更差的。

真的努力以后，你会发现自己要比想象中的优秀很多。

孩子，"归零"的乐趣就在于让你忘记过去的成功和失败，

学会从零开始，

让人生的每一天都显得那么新鲜美好。

————————

俞锦辉

享受归零的乐趣

人生有一种乐趣，叫作"归零"。

何谓"归零"？也就是清空过去，把自己心灵的一切清空，不背任何包袱，简单生活，轻松快乐地面对一切，让自己的未来从零开始，就像大海一样把自己放在最低点来吸纳百川。

这好比用计算器计数，算完一道题最好回到零的状态，再算第二道题，如果在前面的基础上继续算，肯定算出一笔糊涂账。如果这道题的数字很多，算了一部分，也最好归零，再算另一部分，免得中间计算出错而前功尽弃。这又像在纸上写字，写满一页，自然翻到第二页，从空白处接着写，如果仍然在本页写后面的内

容，最后肯定会连自己都看不懂到底写的是什么。

一个人最大的悲哀，就在于总是活在过去。其实，昨天正确的东西，今天不见得正确；过去行之有效的办法，现在不见得可行。留恋过去的人，难以面对现状，他将会陷入无休止的抱怨与牢骚中。不懂得忘记过去，那么他也不可能创造将来！

当一个人的发展遭遇某种瓶颈时，总会感受到一种难以摆脱的压抑和烦躁。以"归零"的方式放弃从前，关上身后的那扇门，你就会发现另一片美丽的花园，找到另一番工作的激情和生活的乐趣。

"归零"的乐趣就在于让你忘记过去的成功和失败，学会从零开始，让人生的每一天都显得那么新鲜美好。

在世界球王贝利的个人进球记录满1000个时，有人问他："您认为自己的哪一个进球最好？"贝利笑了，意味深长地说："当然是下一个。"

拥有"归零"的心态，你才会不断吸收各种新的营养去滋养生命。一个杯子是空的，它才可以装上水或者沙子，如果这个杯子是满的，你就无能为力了。

　　"归零"心态是一种对自我的不断挑战。在攀登者的心目中，下一座山才是最有魅力的；攀登的过程最让人沉醉，因为这个过程充满了新奇和挑战，自己的潜能也得到了最大限度发挥，还有比这更有诱惑力的吗?

　　许多人总是最在乎完美的结果。其实，人生对自我真正的超越，应该注重从零开始的过程而不是结果。你关注的重点应该放在每天迈出那新的一步上，而不是总是关心自己已经走了多少步，以及计算还差多少才能达到完美的终点。

　　学会让自己的过去"归零"，这是一种懂得享受人生的崇高境界。9永远不是终点，再上一个台阶，必须从零开始。每天24小时，新的一天又从零开始。"归零"的心态，将使你永远拥有新的人生目标，并不断激励你攀登新的高峰，在崭新的成功中获得人生的乐趣。

　　冰心说得好——冠冕是暂时的光辉，是永久的束缚。一个人只有摆脱了历史的束缚，才能不断迈步向前，才能使自己永远心静如水，宠辱不惊，一生保持乐观向上的心态。

孩子，不是世界选择了你，

是你选择了这个世界。

你若爱，生活哪里都可爱；

你若恨，生活哪里都可恨；

你若感恩，处处可感恩；

你若成长，事事可成长。

写给命运

✦

命运有一半在你手里，
只有另一半才在生活的手里

成长中的那些疼痛与心碎，那些疲惫与绝望，

都已被命运一声不响地记取。

即使它暂时还没来得及回赠你等价的嘉奖与掌声、赞叹与光荣，

但是千万别放弃，因为它们总会回归，以你曾梦寐以求的方式。

孩子，命运有一半在你手里，
只有另一半才在生活的手里。
你要运用你手里所拥有的，
去博取生活所掌握的。

——————

罗秋菊

命运有一半在你手里，
只有另一半才在生活的手里

人，自从生下来的那一刹那起，就注定要回去。这中间的曲折磨难、顺畅欢乐，便是你的命运。

命运总是与你一同存在，时时刻刻。不要敬畏它的神秘，虽然有时它深不可测；不要惧怕它的无常，虽然有时它来去无踪。

不要因为命运的怪诞而俯首听命于它，任凭它的摆布。等你年老的时候，回首往事，就会发觉，命运有一半在你手里，只有另一半才在生活的手里。你一生的全部就在于运用你手里所拥有的，去博取生活所掌握的。你的努力越超常，你手里所掌握的那一半就越庞大，你获得的也就越丰硕。

山有山的高度，水有水的深度，每个人都有自己的长处，没必要攀比；风有风的自由，云有云的温柔，每个人都有自己的个性，没必要模仿。不要轻易为别人而改变自己。

你，是唯一的，是不可替代的，有自己的思想；你，是美好的，是不可轻视的，有自己的世界；你，是自豪的，是无与伦比的，有自己鲜活的生命。学会善待自己，别去背负太多；学会尊重自己，无须卑微自己；学会深爱自己，因为没人比你更懂自己。

人的一生中，能够树立自身根基的事不外乎两件：一件是做人，另一件就是做事。人生最大的善果和福报，不是超越某一人或某一事，而是获得一颗从容处世的平常心。

所谓平常心，就是为善不执，老死不惧，吃亏不计，逆境不烦。凡事，当你努力了、尽心了、珍惜了，直到问心无愧，你才有资格，把剩下的交给命运。

人的心，应该是一棵树，在缄默中伫立，既能接受阳光，也能包容风雨。生活不会向任何人许诺什么，却总会让你经历选择、挣扎、痛苦和煎熬的过程。

但是，在你灰心绝望的时候，别忘了，自己手里拥有一半的命运；在你得意忘形的时候，别忘了，生活还掌握着另一半的命运。人一生的努力，就是用你自己的一半，去获取生活手中的一半。

很多时候，成功的关键往往只有几步，其他时候都是默默积淀的过程。所以，把精力放到你可能的拥有上，于是，失去看淡了，痛苦就轻了；拥有看重了，快乐就增值了。

终有一天，当失败不会击垮你，成功不会麻痹你，平淡也不会淹没你时，那就说明，在和命运的这场博弈中，你成了最后的赢家。

孩子，记住，再幸福的人生也有缺憾，再悲苦的人生也存在幸福。真正潇洒的人生，不是没有一丝一毫的烦恼，而是心里只愿装着喜乐。这就是命运，这就是人生。

孩子，每个人的一生中，都有三个这样的朋友：
爱你的人、恨你的人，以及对你冷漠的人。
爱你的人教你温柔，恨你的人教你谨慎，
对你冷漠的人教你自立。

——————

佚　　名

你想要的，岁月都会给你

孩子，生命是一个过程，短暂而又漫长。上天赋予你生命的同时，也会给你许多坎坷，正是因为这多多少少的挫折，你可能会伤心、难过，但是，不要停止微笑，笑对人生中的得失、起落。因为，你想要的，岁月都会给你。

人生，谁能无牵无挂？脚步可以走遍天涯，但心却走不出默默地牵挂。画地为牢，心是施了咒语的锁，人生不自由，皆因放不下牵挂，心里放不下，自然成了负担，负担越多，人生越不快乐。计较的心如同口袋，宽容的心犹如漏斗，复杂的心爱计较，简单的心易快乐！

生命的意义自己不去探索，没人替你探索；生命的谜团，自己不去廓清，没人替你廓清；生命的刀锋，自己不去砥砺，没人替你砥砺；生命的火花，自己不去撞击，没人替你撞击；生命的火炬，自己不去高擎，没人替你高擎。如果，生命的一切都要等待他人安排，那就只能度过一种不是自我生命的生命。

每个人的一生中，都有三个这样的朋友：爱你的人、恨你的人，以及对你冷漠的人。爱你的人教你温柔，恨你的人教你谨慎，对你冷漠的人教你自立。要记住那些在困难时帮助过我们的，在痛苦时安慰过我们的，以及在我们迷失时深深地爱着我们的人。

生活中，许多人把吃亏看成是一种非常愚蠢的行为，然而，人的判断有时却是错误的，一些亏，只不过是事情的表象而已。有时，正所谓吃亏是福，聪明的人往往能从吃亏中学到很多智慧。要知道，世上没有白吃的亏，有付出必然有回报。

人的一生中，会沐浴到幸福和快乐，也总会经历坎坷和挫折。痛苦往往与幸福并存，我们要学会享受幸福，也要学会忍受痛苦。享受幸福会增加我们的成就感，忍受痛苦则会提高我们的自信心和忍耐力。

　　有时候，得不到是一种苦，得到也是一种苦。人生在世，总有很多事难两全，放下也就是一份洒脱与超然。人生就是一个不断放弃的过程：放弃童年的无忧，成全长大的期望；放弃青春的美丽，换取成熟的智慧；放弃爱情的甜蜜，换取家庭的安稳；放弃掌声的动听，换取心灵的平静。爱，因为不能拥有而深刻；梦，因为不能圆满而美丽。人生，总是带着残缺的美，因缺憾而凄美。

　　得饶人处且饶人，不仅是美德，也是智慧。宽容他人的过失，原谅别人的过错，会显示出自己的容人之量，展示出自己的人格魅力，让别人更愿意接近我们。给别人一条退路、放别人一马，会使事情得到圆满的解决，也会让别人对我们敬重有加，为日后的相见或合作创造良好的条件。

　　人生就是一个不断选择、不断放弃的过程。有所放弃，才能让有限的生命释放出最大的能量。没有果敢的放弃，就不会有顽强的坚持。放弃，是一种灵性的觉醒，一种慧根的显现，一如放鸟返林、放鱼入水。当一切尘埃落定，往日的喧嚣归于平静，我们才会真正懂得：放弃，也是一种选择；失去，也是一种收获。

　　踏实一些，不要着急，最终，你想要的，岁月都会给你。

孩子，只要路是自己选的，就别怕远，
生活总会留点什么，给对它抱有信心的人。

————

佚　　名

生活总会留点什么，
给对它抱有信心的人

孩子，人，总有一天要独自面对生活。

每个人都一样，有开心就有难过，有幸运就有倒霉的时候，而有些人注定会离开你，即便你想拼命抓住他，这也是没办法的。有时候，越早明白有些事是注定无能为力的，就能越早开始自己的生活。

所以，这个世界上最神奇的事情，就是有一天，当你发现你身边的支点都倒下的时候，你也没有倒下。人远比自己想象的要坚强，一个人的承受力是没有极限的，特别是当你回头看的时候，才会发现自己已经走了很长一段路，可能以前一点小事就会怨天尤人，现在却学会了平静对待它们。

　　能够在黑夜里代替阳光的东西，就是信念。信念就是当你还未开始的时候，就已经知道自己可能会输，可你依然会去做，而且无论如何都要把它坚持到底。即使路还很漫长，相信自己选择的路是对的，也相信自己选择的人生错不了。一个人真正的幸福，未必是一直待在光明之中，从远处凝望光明，朝它奋力奔去，就在那拼命忘我的时间里，才有人生真正的充实和幸福。

　　生活不会这么轻易放过每一个人，它很狡猾，不让你轻易地到达目的地，却也不让你彻底失去希望。也许，不管你如何尽心尽力，都有可能不被欣赏。即便如此，别人的眼光又有什么资格令你放弃梦想？你自己的梦想，一定要靠你自己去守护。即便不那么容易实现的梦想，实现以后才更有价值。

　　你现在一无所有，但你依然可以去拥有一切，你可以不被理解，甚至可以不被期待，但绝不可以怀疑自己，因为你还有梦想。只要路是自己选的，就别怕远，生活总会留点什么，给对它抱有信心的人。

孩子，别被物质打败做了生活的奴隶，
给心灵腾出一方空间，让那些够得着的幸福安全抵达，
攥在自己手里的，才是实实在在的幸福。

————————

积 雪 草

每个人都有自己够得着的果子

　　每个人都会有这样一种错觉，总觉得那些得不到的东西才是最好的，总觉得那些够不着的东西才是最想要的。被这样一种错觉左右着，我们总是在不停地仰望，不停地寻找。仰望那些看似离我们很近，但实际上却并非唾手可得的东西，寻找那些可望而不可即的东西，如镜中花、水中月。

　　仰望那些够不着的东西，实际上是一种煎熬，倘若你想要的东西，就是那个高高地挂在树梢上的果子，即便你踮起了脚尖，即便你搬来了梯子，即便你找来了长长的竹竿，仍然够不着那枚挂在树梢上的果子，你会做何打算？选择放弃还是选择继续？

人，都会遇到那枚高高地挂在树梢的果子，它就是幸福。聪明的智者会绕树三圈，够得着就摘下来，够不着就想想办法，实在够不着就选择离去。那些贪婪的人会在树下左三圈右三圈，够又够不着，走又不舍得走，被折磨得精疲力竭，最终倒在树下伤心欲绝。

一种可能，树梢上的那枚果子，是你真心想得到的。还有另外一种可能，就是树梢上的那枚果子，并不是你必须得到和最想得到的，可是别人都有，你就想拥有，所以想尽办法，哪怕被折磨得精疲力竭，哪怕碰撞得头破血流，得到它是你唯一的选择和目的。

很多事情并不是你努力就能做成的，还要看天时地利人和，要看自身的条件，多方面条件都成熟的时候才可能实现你的愿望。

人生就像一次长途旅行，在这次旅行中，我们都会遇到很多人、很多事，会遇到美丽的风景，会遇到很多想要或者不想要的东西，譬如鲜花美酒和掌声，譬如沮丧抑郁和绝望。贪心的人总想把所有的东西都据为己有，从不会想东西太多自己是否能拿得动。豁达的人总是选择自己最需要的东西，因为简单快乐才是好滋味。

倘使树梢上的那枚果子就是幸福，我希望你去触摸那枚够得着的果子，而不是高高地挂在树梢上的那枚。也许你会说，够得着的果子早被别人摘走了，那你就错了，因为每个人都有自己够得着的果子，也就是自己够得着的幸福。

其实，与其触摸那些够不着的幸福，被折磨得死去活来，还不如守住和珍惜手里已有的幸福，触摸那些看得见够得着实实在在的幸福，抬头能看见蓝天，低头能闻到花香，亲人安好，朋友快乐，身体健康，不都是够得着的幸福吗？

行走红尘，别被欲望左右迷失了方向，别被物质打败做了生活的奴隶，给心灵腾出一方空间，让那些够得着的幸福安全抵达，攥在自己手里的，才是实实在在的幸福。

孩子，付出了，
不一定立刻、马上抑或在你想要的期限内，
给予你所期待的那种方式作为回报。
然而，你的付出终归以它该有的方式，
在不知道的期限内回报于你。

————

佚　　名

你的付出都会以该有的方式归来

孩子，人，这一生就像一个耕种的农夫。你不是在付出，就是在收获。当然，总有人说，付出并不一定有回报。这是很多人都认同的，也就是付出与得到不一定成正比，不是付出得越多就得到得越多。

但我想告诉你的是，付出并不一定马上以你所期待的方式回报于你，不过你的付出会以该有的方式归来。付出，并不意味着就能马上得到回报。就像农夫种田一样，辛勤的劳作和汗水并不能百分之百获得丰收，因为这还要看老天爷，所谓"尽人事，听天命"。

在生活中，不论是工作、学习还是人际关系上，我们的付出并一定就能立刻得到回报，这其中也是存在机会和运气的。但是，农夫种地总会有所得，因为所有的耕作经验都是从失败和无获中得来，这就是另一种方式的得到。而我们所做的、所付出的，也会以它该有的方式归来。

所以，对待工作不要急功近利，不安分的躁动让你失去很多机会。

从你踏入社会的那一刻起，你就应该要明白得到之前要记得投资。而这种投资就是付出，不管你投资在情感上还是理财上，都需要你付出。事实是，大部分人都懂得这个道理，并且都这样做了，但是中途却退出了。半途而废的原因，是没有明白所有的付出不一定立竿见影。

你看，有些人花了不少心血和精力投资在公司的人际关系上，但是发现即使这么做了，却没有得到什么。于是，就出现了一个付出与得到不成比例的现象，而这种现象又会导致他中止付出，而且开始变得计较，最后却将本来培养起来的关系弄得一团糟。

付出，不一定立刻、马上抑或在你想要的期限内，给予你所期待的那种方式作为回报。然而，你的付出终归以它该有的方式，在不知道的期限内回报于你，就如当年俞敏洪默默地为寝室人打了四年开水，最后获得的是一群力挺自己的好友和合作伙伴一样。所以，你要尽量不谈回报地先为别人做点什么。

同理，对待情感，无须要求立竿见影。

情感中这种付出和得到的关系，也让很多人困惑不已。为什么我对她那么好，就换不来她的一个笑脸？为什么我付出了那么多，却得不到他的心？千万记住，情感投资不同于物质投资，情感投资更具有风险。

所以，工作上你勤劳，可能还不及悠哉轻松的人升迁得快，但是你不必因此落寞；情感上你尽心，却得不到对方对自己的回应和肯定，你也不必就此懊恼。我想告诉你的是，付出和得到都是实实在在的。坦然面对现实，以平和的心态接受，这才是一种成熟的心理。

孩子，人生没有白走的路，每一步都算数。
不经历磨难挫折，便领略不到"平平淡淡才是真"，
不具有大智慧，又怎有资格说出"难得糊涂"？

————

江丽鸿

人生没有白走的路，每一步都算数

有人常会感慨，如果我能早一点如何如何，生活一定会比现在更好，以前那些路算是白走了。

其实，任何人生结果的发生都是有因缘的，只是我们很多时候看不到而已。就像一颗小小的不起眼的种子，它都来自一朵花的愿望，只是有时候花太小了被忽略了而已，就像无花果那样。难道，你真的相信有无花之果吗？

对于人生来说，也从来就没有白走的路，每一步都算数。往往在此岸还是彼岸的时候，是那些看似不相干的一步步、一段段，

不动声色地酝酿了今天的结果。突然有一天头脑灵光一闪，就惊呼哪一段哪一段白活了，事实上，没有那些所谓的"白活"，就不会有今天的豁然开朗，没有那些看似徒然的积累，就不会有今天的体会。

当初的种种选择，在今天看起来也许显得幼稚，其实，那些选择都是必不可少的铺垫。只有当初烧的开水，才有今天沏好的茶。这里面也包括了感受，没有这些年的"白活"，连"白活了"这样的感慨你都不会有，是不是？

对彩虹来说，风雨从不是多余的；对于坦途来说，坎坷从不是多余的。不经历磨难挫折，便领略不到"平平淡淡才是真"，不具有大智慧，又怎有资格说出"难得糊涂"？

人生是条单行道，容不得回头做二次的选择，有人说，人生像一杯旧茶，喝完了就完了；也有人说，人生像一团毛线，放完了，就结束了。实际上人生没有白走的路，所以，在这个过程中任何一次因缘际遇都要你欢喜接受，慎重对待。

孩子，不是世界选择了你，是你选择了这个世界。

你若爱，生活哪里都可爱；你若恨，生活哪里都可恨；

你若感恩，处处可感恩；你若成长，事事可成长。

————

佚　名

不是世界选择了你，
是你选择了这个世界

孩子，世界再精彩，他人再美好，而你就是你，只需梳理自己的羽毛，飞你想去的地方。世界再冷漠，他人再虚伪，而你还是你。若把生活看成一种刁难，你终会输；若把生活当作一种雕刻，你总能赢。有些事少犹豫，做了才知道对错；有些人别纠缠，久了总是要后悔。

不贪心，也不等待，找到感觉对的人，就别左顾右盼，人生很短很有限，要用来跟另一个人过更好的生活，而不是用整个生命去找一个更好的人。肯留在你身边的，才是最好的。真正的成熟，就是你在合适的时机做该做的事，顺其自然，既不瞻前顾后，也不左顾右盼。而你爱一个人最好的方式，是经营好自己，给对方一个优质的爱人。不是拼命对一个人好，那人就会拼命爱你。俗世的感情难免有现实的一面：你有价值，你的付出才有人重视。

一件事无论你当初是怎么下定决心，不到结果出来那天谁也不知道会发生什么。所以，与其担心，不如好好努力。扔掉你的犹豫，那只会浪费时间；扔掉你的担心，那只会让你分心。你能做的，只有相信自己，并且尽力去做。无论如何，记住你当时所下的决心，只要路是自己选的，就别怕远。

至于结果怎样，其实已变得并不重要。用心付出的东西一旦无法挽回，也不用再怨什么，悔什么。人这一辈子，无非就是个过程，荣华花间露，富贵草上霜，生不带来，死不带去，得意些什么？失意些什么？顺其自然、随遇而安，拥有的时候好好珍惜，失去的时候淡然处之。有时候，人的心很脆弱，你得学会哄它。

不是世界选择了你，是你选择了这个世界。你若爱，生活哪里都可爱；你若恨，生活哪里都可恨；你若感恩，处处可感恩；你若成长，事事可成长。既然无处可躲，不如悦纳；既然没有如愿，不如释然。

孩子，任何事情总有答案，
有时候，没有答案就是答案，
没有结果却是最好的结果。
与其烦恼，不如学会接受。

————

佚　名

没有结果，也许是最好的结果

孩子，两个人，在一起要知道珍惜，不在一起也不要放弃希望。生活并不完美，但并不代表它不美。即便最后相负、相欠、相误、相弃，也要先相遇、相知。多看看你生活当中那些美好的部分吧，否则，你会永远羡慕不完别人的人生。

孩子，想想看，一个人，能够拥有值得尊重的生命，能够拥有最平凡但温度恰好的家人，能够拥有可以遇到他所爱的人的缘分，已经是最大的福分。

所以，你要懂得，人一定要心怀朴素和感恩，这种朴素不是非要你粗茶淡饭、布衣薄田，而是你的心能容纳无限的经验，虽然饱经世故，却又能保持单纯，不执拗，不愚顽，看得开，放得下，这才是朴素。人生最遗憾的，莫过于轻易地放弃了不该放弃的，固执地坚持了不该坚持的。

你的人生要自己掌握，永远都要记住，要脚踏实地，感谢别人给予你的一切，不要把任何事情当成理所当然。也许，这个世界上什么都可以补偿，唯有爱是不可以补偿的，倘若它在该来的时候没有来，那就永远地晚了。

心态的"态"字，拆解开来，就是心大一点。任何事情总有答案，有时候，没有答案就是答案，没有结果却是最好的结果。与其烦恼，不如学会接受。人生本来一场空，有无之间的更替便是人生，得失之后的心态决定苦乐。凡事，淡然处之即可。

世人常常看不到有缘无分的熙熙攘攘，

总以为机会无限，所以不珍惜眼前人。

我们总是这样，

悲伤时要一个肩膀，开心时拥抱全世界，

而被时光偷走的，

永远是你看不见的珍贵。

图书在版编目（CIP）数据

无论爱与不爱，下辈子都不会再见 / 杨杨主编 . —北京 : 现代
出版社 , 2014.7（2019.3重印）

ISBN 978-7-5143-2876-9

Ⅰ . ①无… Ⅱ . ①杨… Ⅲ . ①散文集－中国－当代
Ⅳ . ① I267

中国版本图书馆 CIP 数据核字（2014）第151668号

无论爱与不爱，下辈子都不会再见

编　　著	杨　杨
责任编辑	赵海燕　阎　欣
出版发行	现代出版社
通信地址	北京市安定门外安华里 504 号
邮政编码	100011
电　　话	010-64267325　64245264（传真）
网　　址	www.1980xd.com
电子邮箱	xiandai@vip.sina.com
印　　刷	吉林省吉广国际广告股份有限公司
开　　本	880×1230　1/32
字　　数	141 千字
印　　张	8.5
版　　次	2014 年 10 月第 1 版　2019 年 3 月第 2 次印刷
书　　号	ISBN 978-7-5143-2876-9
定　　价	39.80 元